Wohin führt Dein Weg

Dieses Buch widme ich meinen beiden Söhnen, Michael und Andreas

Erich Krieger

Wohin führt Dein Weg

Tatsachenbericht

Herstellung: Books on Demand GmbH, Norderstedt
ISBN 3-8311-4395-1

I

Wir schreiben das Jahr 2002 und ich habe nun viel Zeit über all das nachzudenken was geworden wäre, wenn im Jahre 1957 das Schicksal anders entschieden hätte.

Das Ende des 2. Weltkriegs ist mir in Erinnerung, wie Bomben auf Duisburg fielen und meine Eltern und Geschwister mit mir Tage und Nächte im Bunker verbrachten.

Eigentlich sollte das für mich Grund sein, nie wieder in meinem Leben an Krieg zu denken.In den Trümmern bin ich groß geworden und habe dort, mit dem" Soldaten-spielen" weiter gemacht, was vorher bitterer Ernst war.

Viele Gedanken über meine Zukunft habe ich mir zur damaligen Zeit nicht gemacht. Ich war froh das die Schule 1954 zu Ende war. Wie es sich gehörte begann ich eine Lehre, die ich aber nach einigen Monaten abbrach.

Abenteuer erleben das war was für mich. 1955 an einen schönen Sommerabend hielt ich es nicht mehr aus. Da ich ein Fahrrad hatte, packte ich eine Tasche und machte mich auf den Weg Meine Eltern, die mit Nachbarn vor der Tür saßen, staunten nicht schlecht, als ich mich mit den Worten verabschiedete: " Ich fahre zum Karl nach Frankreich". Karl mein Bruder, lebte seit 1947 in Harnes bei Lille. Er arbeitete als Bergmann und war verheiratet, mit Lydia einer Französin, mit einem polnischen Vater, der in der deutschen Armee gedient hatte.Um es kurz zu machen, 4 Tage brauchte ich um in Harnes anzukommen. Da ich kein Wort französisch sprach, zeigte ich einen Zettel mit der Adresse-Rue de Nationale 45 und es wurde mir immer weitergeholfen, das gleiche galt auch, wenn ich einen Schlafplatz oder was zu essen brauchte.

Mein Bruder fiel aus allen Wolken als ich so unverhofft vor seiner Tür stand, aber er freute sich auch, denn wir hatten uns ca. 5 Jahre nicht gesehen. Nach 8 Tagen wurde ich wieder unruhig, besonders als Karl mir Arbeit besorgen wollte, denn das Wort hörte ich nicht gerne. So beschloss ich wieder nach Hause zu fahren. Da ich aber keine Lust hatte mir nochmals den Hintern wund zu strampeln gab ich Karl das Rad und er kaufte mir eine Bahnkarte bis Duisburg.

Bis Oktober 1956 arbeitete ich in Duisburg. Im November hatte ich die Idee, ich werde Seemann. Also meldete ich mich beim Arbeitsamt Duisburg, die sich sofort mit Hamburg in Verbindung setzten und auch gleich ein Schiff für mich hatten. Also machte ich mich auf nach Hamburg, beim dortigen Arbeitsamt vermittelte man mich auf die Hanseatic. Das war ein 1000 Tonner Kümo.Gleich in der ersten Nacht hatte ich Dienst auf der Brücke, die Fahrt ging durch den Nord-Ostseekanal. Ein Lotze wies mich ein und erklärte mir die Kompassdaten. Ein bisschen bange war es mir schon. Aber immerhin schaffte ich es, das Schiff bis zur Schleuse Kiel-Holtenau zu steuern. Aber kaum waren wir zur Kielerbucht raus und die See etwas bewegt, drehte sich bei mir der Magen um.Unsere Reise ging nach Polen wo wir Kohle für Schweden ladeten.

Die Zeit, die nun kommt, wird immer in meiner Erinnerung sein. Mittlerweile war es Dezember und wir hatten Sturm bis Windstärke 12, das Schiff war mit dickem Eis überzogen und die Brecher schlugen bis zur Brücke. Wir steuerte das Schiff nach Schweden zum Kalma Sund, um dort zu warten bis der Sturm sich etwas gelegt hatte. Einen Tag später fuhren wir in den Hafen von Gäfle und löschten Kohle, endlich wieder festen Boden unter den Füßen. Zum ersten mal konnte ich Nahrung zu mir nehmen, denn bis dahin habe ich nur die Fische gefüttert.Aber am nächsten Tag ging es gleich wieder los in Richtung Finnland. Dort im Hafen von Rauma nahmen wir Holz auf und machten, so nebenbei gute Geschäfte mit Alkohol.1956 gab es noch Alkoholverbot in den nordischen Ländern. Wir hatten immer genug leere Flaschen an Bord um sie mit Wasser oder Tee zufüllen, dann gut zu verschließen und dem Zoll als Original zu präsentieren. Nach 2 Tagen ging es mit voller Holzladung Richtung Deutschland. Das bedeutete für mich wieder tagelang ohne feste Nahrung, mein Pech war es, das die ganze Fahrt wieder Sturm war und ich nur über der Reling hing. In Cuxhaven beendete ich meine Seefahrerkarriere.

Es war kurz vor Weihnachten als ich wieder zu Hause war, dort freute man sich, mich gesund aber abgemagert wiederzusehen. Bis März 1957 arbeitete ich auf den Bau.

Zur damaligen Zeit kamen viele junge Männer auf die Idee zur Fremdenlegion zu gehen. Als auch ich davon hörte, kündigte ich meinen Job und saß 3 Tage später im Zug Richtung Trier. In Trier löste ich eine Fahrkarte nach Luxemburg. Für ein paar Tage sah ich mir die Stadt an. Von dort ging es weiter per Anhalter nach Frankreich, ich kam bis Bar le Duc im Elsaß. Dort fand ich auch schnell eine französische Kaserne. Dem Posten sagte ich nur: „ Legion etrangere“ er wusste sofort Bescheid und holte den, Chef de poste“. Ein Sergeant der auf mich zukam sprach mich in einem guten Deutsch an und verlangte einen Ausweis. Ich hatte nur mein Seemannsbuch mit und gab es ihm, er überprüfte die Einträge und besonders das Foto, ob es auch mit mir übereinstimmte. Er erklärte mir einen Weg zu einem Gebäude in dem ich mich bis auf weiteres aufhalten sollte.

Als ich dort die Türe zum Aufenthaltsraum öffnete traf mich fast der Schlag. An einem Kickerautomaten standen 2 Personen die wie ich, aus Duisburg waren und von uns allen nur Tönnes und Scheel genannt, sie hatten Ähnlichkeit mit den Witzfiguren aus Köln.

„Mensch, Erich was machst du denn hier," wurde ich von den beiden begrüßt. Wie ich, wollten auch sie in die Legion. Fast eine Stunde wurde über den Zufall gequatscht der uns dort zusammengeführt hatte als ein Sergeant erschien und uns aufforderte mitzukommen.

Ein Soldat fuhr mit uns zum Bahnhof, dort wurden wir an zwei Soldaten übergeben.

Sie begleiteten uns zur Kaserne in Straßburg, die Aufnahmestelle der Fremdenlegion. Dort wurden wir direkt zur ärtzlichen Untersuchung geschickt. Wie ich später erfahren habe wurden von 10 Aspiranten, 7 nach Hause geschickt, da sie nicht 100 % gesund waren. Nach einer sehr gründlichen Untersuchung verpasste man uns eine einfache Uniform mit blauem Schiffchen. Nun wurden wir nur noch die„ Blauen" genannt, außer uns waren noch ca.30 Blaue anwesend.Wir bekamen eine Unterkunft zugewiesen und endlich gab es was zu essen, das auch sehr gut war. Dafür mussten wir Küchendienst schieben, auch das reinigen der Kaserne und

Latrinen war uns vorbehalten. Nach zwei Tagen wurde ich zum 2. Büro gerufen, (militärischer Geheimdienst der Legion) zuerst wurde ich gefragt, ob ich in Deutschland straffällig geworden sei und warum ich in die Legion wollte. Da ich eine weiße Weste hatte, verneinte ich das erste und erklärte, das ich schon immer das Abendteuer suchte und die Legion genau das Richtige für mich sei.

Ein Offizier redete mich im perfekten Deutsch an, mit einer Lupe zeigten sie mir, das mein Geburtsjahr von 1939 auf 1938 gefälscht war. Da ich erst im September 18 Jahre wurde, hatte ich die Korrektur in dem Seefahrerbuch selbst vorgenommen.. Aber gegen eine Lupe hatte ich keine Chance. Man gab mir gleich zu verstehen das es kein Problem sei mit 17 Jahren der Legion beizutreten, nur mein Name müsste geändert werden. Ich denke, beide Offiziere sahen in mir noch ein halbes Kind und hatten Mitleid mit mir. Sie gaben mir freundlich zu verstehen, das ich es mir noch bis zum nächsten Tag überlegen sollte.

Am anderen Tag sah die Welt für mich wieder ganz anders aus, ich bekam wieder Reisefieber, als ich das schöne Wetter sah. Ich meldete mich im 2.Büro und bat um meine Entlassung. Man gab mir mein Seefahrerbuch und meine Zivilsachen zurück und schon war ich vor der Kaserne und hatte meine Freiheit wieder.

Per Anhalter machte ich mich auf den Weg, in Richtung Kehl zur Grenze. Zu Fuß ging ich über die Rheinbrücke, dort wurde ich prompt von dem Deutschen Zoll angehalten.

„Papiere bitte" ich zeigte mein Seefahrerbuch vor, sie nahmen es in Augenschein und fragten nach meinem Ausweis. Ich hatte keine große Lust, mich irgendwie rauszureden und erzählte ihnen die ganze Geschichte. Das ich zur Fremdenlegion wollte und mein Geburtsdatum gefälscht hatte, darum keinen Ausweis. Da ich noch keine 18 Jahre war und auch kein Geld bei mir hatte, wurde ich dem dortigen Jugendamt übergeben.

Mit einer Begleitperson setzte man mich in den nächsten Zug nach Duisburg. Dort wurde ich der Duisburger Bahnpolizei übergeben, die mich dann zurück zu meinen Eltern brachten.

Natürlich waren sie auch dieses mal froh, mich gesund wiederzusehen.Im übrigen hatte ich nie irgendwelche Probleme mit meinen Eltern wegen meiner Wanderlust, da mein Vater in seiner Jugend nicht anders war.

Nun suchte ich mir wieder Arbeit, was zur damaligen Zeit nicht viele Schwierigkeiten bereitete, nur mir machte es keine Freude. Aber Geld konnte ich auch gebrauchen, da wir immer abends mit Freuden am Schwesterwohnheim rumhingen um Mädchen abzuschleppen. Das kostete schon mal ein paar Mark fürs Kino usw. Meistens hatte mein Kumpel Karl-Heinz und ich Erfolg.

So vergingen die Monate, der September kam und mein 18 Geburtstag rückte immer näher. Die Arbeit nervte mich und außerdem hatte ich wieder Fernweh.Ich holte mir meinen restlichen Lohn und verabschiedete mich mal wieder von meinen Eltern. Nur dieses mal sollte es für länger sein. Was lag näher als mir eine Fahrkarte nach Frankreich, zu meinem Bruder Karl zu kaufen. In Brüssel musste ich umsteigen um den Zug nach Lille zu nehmen. Die Stadt liegt 35 km von Harnes, dem Wohnort meines Bruders entfernt. Die Adresse hatte ich, wie schon einmal aufgeschrieben, und zeigte sie einem Gendarmen. Mit Händen und Füßen erklärte ich ihm, das ich einen Bus nach Harnes, beziehungsweise Annay suche. Französisches Geld hatte ich schon in Deutschland umgetauscht. Der Gendarmen war sehr freundlich und brachte mich zum richtigen Bus und wünschte mir,, Bon voyage" der Bus brachte mich in unmittelbarer Nähe zum Haus von Karl. Seine Frau Lydia und er freuten sich, mich nach ca. zwei Jahren wiederzusehen, die Familie hatte sich um Eric und Edith vergrößert. Da es der 12. September war, wurde für mich eine kleine Geburtstagsfeier arrangiert.

Immer wieder wurde ich von Karl darauf angesprochen in Frankreich zu bleiben, das er mir eine gute Arbeit besorgt und später auch eine Familie gründen sollte.Aber das Wort Arbeit behagte mir gar nicht. Mein Plan war es, mich erneut bei der Legion zu bewerben. Mit allen Mitteln versuchte er mich umzustimmen, denn er wollte von Krieg nichts mehr wissen, da man ihn noch mit 16 Jahren eingezogen hatte und er anschließend in die Gefangenschaft kam.

Zwei Tage hörte ich mir seine Predigten an, dann hatte ich das Wort Arbeit und Familie genug gehört und machte mich auf den Weg nach Lille. Dort angekommen wollte ich mich zur Kaserne durchfragen, aber wieder hatte ich Glück und traf einen Soldaten. Dem sagte ich wieder, Legion etrangere"worauf er im gutem Deutsch antwortete: „ Ich bringe dich zur nächsten Karserne."Er war aus dem Elsaß und sprach darum so gut deutsch.

An einer alten Zitadelle, die als Kaserne diente, beim Chef de Poste wurde mein Reisepass eingezogen. Es wurde ein Dolmetscher gerufen, dem ich einige Fragen beantwortete. In einem Saal mit Feldbetten warteten noch vier weitere Anwärter, die auch in die Legion wollten. Ich bekam sehr gutes Essen und durfte mich zu Bett begeben. Am nächsten Morgen wurde ich nochmals zum Verhör geholt, was aber positiv für mich ausging. Nun ging alles schnell, mit zwei Soldaten wurden wir Fünf in den Zug nach Paris gesetzt. Dort noch ein paar Stationen mit der Metro und wir gingen zu einem großen Bürogebäude.

Zwei Ärzte untersuchten mich sehr gründlich und ich wurden für KV befunden. In einem Büro, das wir einzeln betreten mussten, legte man mir einen Vertrag vor. Natürlich konnte ich kein Wort lesen, jemand erklärte mir auf deutsch, damit würde ich den Vertrag auf 5 Jahre bei der Fremdenlegion unterzeichnen. Nun hatte ich mein Ziel erreicht, der 20.09.1957 war der Tag, der das ganze Leben veränderte.

2

In den nächsten zwei Tagen, ging mir ein Licht auf, was ich getan hatte. Es war nicht mehr möglich sich frei zu bewegen, sogar auf dem Weg zur Toilette wurde ich vom einem Wachposten begleitet.Also nichts mit abhauen.

Zwei Tage später ging es unter Bewachung zum Bahnhof, das Ziel war Marseile, aber erst mussten wir in Lille umsteigen. Mir fiel mein Bruder ein, der hier in der Nähe wohnt Unsere Bewacher machten uns schnell klar, wo es langging, bei einem Fluchtversuch würde sofort geschossen.

In Marseile wurden wir von zwei Fremdenlegionären in Empfang genommen, die uns das gleiche erklärten, sollten wir versuchen abzuhauen, würde sofort geschossen. (Die hatten wohl ihre Erfahrung)

In rasender Fahrt ging es in Richtung Hafen zum Fort St. Nicola, riesig lag die Festung vor uns. Der Posten am Eingang grinste uns an, mit der Begrüßung „Willkommen in der Scheiße“

Nun ging es wieder zum Verhör, ich wurde nur noch angeschrieen und wenn eine falsche Antwort kam, erhielt ich Fausthiebe ins Gesicht. Nach diesem Verhör hatte ich schon die Schnauze voll, von der Legion. Da ich sehr stur sein konnte und auch nicht einsehen wollte, dass man mich so behandelt, verkündigte ich, dass ich wieder austreten werde, da ich nur einen Vertrag unterschrieben hatte, ohne einen Eid abgelegt zu haben. Das hätte ich besser nicht von mir geben sollen.

Unter Fußtritten und Schlägen schleppte man mich daraufhin zum Frisör, der mir eine Glatze verpasste. Im Laufschritt ging es dann ab in den Bau, ein großer dunkeler Raum empfing mich, dort fiel etwas Licht durch einen kleinen Durchlass, so das man schemenhaft, was erkennen konnte. Die ersten Worte die mich empfingen waren, ob ich was zum Rauchen hätte. Leider mußte ich das verneinen, da man mir alles abgenommen hatte.Es waren noch fünf Kameraden da, die das gleiche Los gezogen hatten , auch sie wollten wieder nach Hause. Drei Tage und Nächte ließ man uns in dem Loch, wo wir uns untereinander immer Mut zusprachen. Es waren keine Betten und Decken vorhanden, wir schliefen auf dem Betonboden. Das

Essen bestand aus trockenem Brot und Schokolade. Als ich endlich wieder Tageslicht sah, mußte ich mich beim Sani melden. Der verpasste mir eine Spritze in den Rücken, mit dem Hinweis 24 Stunden nichts zu essen und zu trinken.

Beim Eindringen des Serums merkte ich das mein Körper langsam steif wurde. Diese Spritze bekam ich nun zwei mal im Jahr. Noch konnte ich mich langsam zu meiner Unterkunft bewegen, mit voller Montur legte ich mich aufs Bett, wo ich 24 Stunden regungslos lag. Wie später berichtet wurde, ist ein Kamerad gestorben, der sich nicht an die Vorschriften hielt.

Mittlerweile war es Oktober und mir wurde befohlen, mit noch ca. 200 Kameraden zu den Lastwagen zu gehen, die für uns bereitstanden, wieder waren bewaffnete Soldaten da.

Die Fahrt ging zum Hafen, dort ankerte die MS Pasteur ein Truppentransporter, der mich nach Algerien in den Hafen von Oran bringen sollte. Wir wurden unter Deck gebracht, wo auch gleich das Essen, was aus Nudeln und Fleisch bestand, ausgeteilt wurde.Dann der Befehl alles an Deck. Die Pasteur schlingerte leicht und sofort trat mein altes Leiden wieder auf, ich wurde seekrank. Schon hing ich über der Reling, mit mir noch etliche Kameraden. Als der Wind immer stärker wurde, ging ich unter Deck, in der Hoffnung das es mir dort besser gehe.

Was ich sah war ekelhaft, überall übergebende Kameraden, der Boden voll mit Erbrochenem. In dieser Nacht war an Schlaf nicht zu denken. Um 5 Uhr hieß es wieder an Deck, dort befahl man uns das Schiff zu reinigen, sonst gäbe es kein Frühstück. Obwohl das Meer ruhig war, sind immer noch einige krank. Zum Glück hatte ich nichts gefrühstückt, darum ging es mir einigermaßen gut

Als plötzlich einer rief: „ Land in Sicht" schaute ich zur afrikanischen Küste und mir war, als ob ich eine Neue Welt sehe.

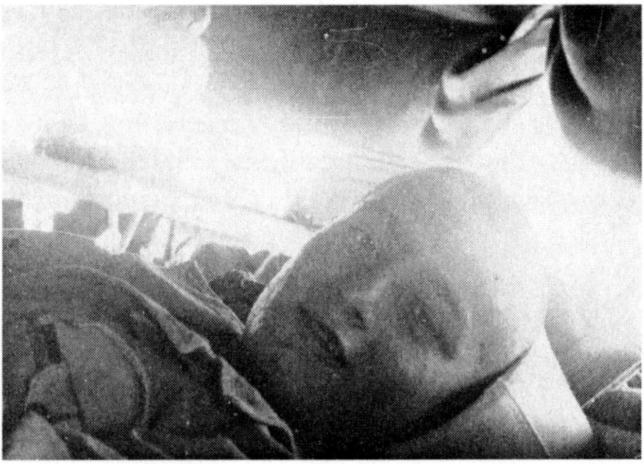

NACH MEINEM PRISON AUFENTHALT IN SIDI-BEL-ABES

3

Zwei Stunden später liefen wir im Hafen von Oran ein. Es hieß antreten, der Marsch gehe bis zur Kaserne. Unterwegs schwer bewaffnete Soldaten die mich, mit finsteren Blicken, nicht aus den Augen ließen.

Als wir an einem großen Platz ankamen, spielte eine Militärkapelle, die uns mit einem zünftigen Legionsmarsch begrüßte.

Ein hoher Offizier hielt auf Französisch eine Rede die uns ins Deutsche übersetzt wurde, Sinngemäß hieß es darin: Jeder ist stolz ein Legionär zu sein und der glorreichen

Armee zu dienen.

Damals war mir das Wort„ Menschenrechte“ nicht so geläufig. Heute kann ich sagen, dass dieses Wort in der Legion Tabu war, oft sollte ich es erfahren.

Eine Stunde verging, als sich in der Nähe, große Lastwagen aufstellten, die hinteren Barken öffneten sich und bewaffnete Legionäre sprangen herunter. In Gruppen wurden wir auf die Wagen aufgeteilt. Die Fahrt dauerte Stunden, obwohl Anfang November war es noch sehr heiß, so das ich alles verfluchte, hier gelandet zu sein. Überall Staub und ich hatte furchtbaren Durst. Endlich nach über 100 km kam ich in Sidi Bel Abes dem Hauptquartier der Legion an.

In der Kaserne mußte ich blitzschnell den LKW verlassen, wer nicht schnell genug war bekam einen Tritt verpasst. Eine Stunde stand ich schon in der Sonne, ein Kamerad begehrte auf und verlangte Wasser. Sofort sprangen zwei Unteroffiziere herbei und schlugen ihn brutal ins Gesicht mit den Worten, hier hast du Wasser. (Oh, glorreiche Legion, wie viele Sadisten hast du hervorgebracht)

Endlich durfte ich in einen großen Waschraum um was zu trinken und mir den Dreck vom Gesicht zu waschen. Kurze Zeit später ging es im Laufschritt weiter zur Kleiderkammer, dort wurde mir ein Paket ausgehändigt. Der Inhalt bestand aus einer Uniform mit blauem Schiffchen (kam mir bekannt vor) Schuhe, Hemd, Strümpfe und Unterwäsche doppelt. Meine Sachen wurden eingezogen, ich habe sie nie wiedergesehen.

Es war schon Mitternacht als ich meinen Schlafsaal zugewiesen bekam. Todmüde fiel ich auf mein Feldbett und schlief sofort ein. Der erste Tag in Algerien war schon schlimm für mich, zu diesem Zeitpunkt wusste ich noch nicht, das eine noch schlimmere Zeit folgen sollte.

In den nächsten Tagen wurde ich "Blauer" noch oft zum Verhör gerufen. Angeblich wussten sie alles, besonders interessierte sie, warum ich mich zur Legion gemeldet hatte.Antwortete ich nicht schnell genug, bekam ich die Fäuste des Gegenübers ins Gesicht.

Einige Wochen gingen so dahin, mit Küchendienst, Kaserne reinigen und antreten üben. An einem Morgen, wurde ich zum Kommandanten gerufen, dort erhielt ich meine Stammrollen Nummer, sie lautete119965. Diese Nummer mußte fortan bei jedem Rapport, plus Name und Dienstgrad, auf Französisch gesagt werden. Das hörte sich dann so an: "Legionär Krieger- 119965- 2 Monate Dienstzeit-zu Befehl- mein Kommandant" die Zahlen und Worte hämmerte man mir ein, das ich sie bald im Schlaf aufsagen konnte. Fotos wurden von mir angefertigt, die dann in meinen Truppenausweis kamen, den ich immer bei mir zu tragen hatte.

Dann kam das Weihnachtsfest, immer noch in Sidi-Bel- Abes, ich trank zum ersten mal im Leben Champagner und hatte bis dahin auch noch nie so gut gegessen. Wein gab es soviel ich wollte. Da habe ich einmal so gelebt "Wie Gott in Frankreich".

Nach den Feiertagen am frühen Morgen ging es auf den LKW´s, zur Ausbildung nach Mascara. Es war später Nachmittag als ich in der dortigen Kaserne ankam. Es war ein altes Gebäude, 3 Stockwerke hoch. Eine brüllende Horde Ausbilder empfing mich. Zum Glück klappte das Antreten, nach wochenlanger Übung ganz gut und ich hatte Ruhe bis zum anderen Morgen.

Um 6 Uhr wurde ich durch Trompeten geweckt, nach der Morgenwäsche ging es zum

Antreten.

Das Frühstück wurde im Schnelldurchgang absolviert, Brot und Schokolade gab man mir noch mit. Dann wieder zum Einkleiden, dieses mal waren es mehrere Uniformen, kurze Sommersachen Ausgehuniform, Paradeuniform und Kampfanzug. Dazu gehörte noch ein Stahlhelm, ein Gürtel für Munition und das Gewehr von 1936. Das Legionskäppi was man mir gab, durfte ich in der Ausbildung, nur mit einem dunklen Überzug tragen, das blaue Schiffchen war ich endlich los.

Mit Sack und Pack ging ich auf mein Zimmer um mich dort einzurichten. Alles musste genau nach Vorschrift im Karre gestapelt werden, jedes Teil hatte hinter dem Bett seinen festen Platz. Die Ausbilder halfen mir dabei, mit ein paar Tricks ging es ganz schnell. Mit mir lagen noch 14 Kameraden auf der Stube. Davon ca.zehn Deutsche, der Rest andere Nationen. Die Waffen wurden abends in der Waffenkammer abgegeben.

Am zweiten Morgen gleich nach dem Frühstück hatte ich wieder das Vergnügen, mir eine Rede über Ehre und Treue der Legion anzuhören, besonders über die Pflichten.

Vor mir sah ich einige elende Gestalten, mit Baumstämmen auf den Schultern, ihre Runden drehen, man erklärte mir, dass dort das Gefängnis sei und das Inhaftierte. Sogleich erschien der Chef vom Prison auf der Bildfläche mit einer Trillerpfeife, je nach Tonlage mussten die armen Kerle sportliche Einlagen erbringen. Der Kommandant wies uns darauf hin, dass es jeden Desserteur so ergeht.

Die Rede wurde von Sergeant Chef ins Deutsche übersetzt, er war auch mein Ausbilder und seine Devise war, hart aber gerecht. Das stimmte, denn nie habe ich einen besseren Ausbilder kennensgelernt. Wie ich später erfuhr war er als SS Offizier bei der Deutschen Armee.

Nun folgten die Wochen der Ausbildung. Jeden Morgen das gleiche, Waffen empfangen, 15 Schuss Munition, zweites Frühstück im Brotbeutel und dann ins Gelände. Am Anfang ging es noch, es wurde Französisch, Waffenkunde, Rangabzeichen und Marschlieder gelehrt, dies wurde mir regelrecht eingetrimmt.

Nach einiger Zeit wurde es aber intensiver, ich blieb den ganzen Tag draußen. Am Schießstand wurde ich an folgenden Waffen ausgebildet: das Gewehr 36, Maschinengewehr 2429, Maschinenpistole, Hand und Gewehrgranaten. Wenn die Einen zum schießen gingen, wurde von den Zurückgebliebenden das zerlegen und zusammensetzen der Waffen geübt. Nach einiger Zeit konnte ich es mit verbundenen Augen.

Der Parcours Combatan, der von uns Tarzanbahn genannt wurde, mußte in einer bestimmten Zeit durchquert werden, damit hatte ich die wenigsten Probleme, denn Sport war immer mein Lieblingsfach. Am Ende dieser Bahn stand die ca. zwei Meter hohe Mauer, ein Kamerad von mir " Salazar" den Namen weiß ich heute noch, hatte Probleme, über diese zu kommen. Die Mauer brach seinen Stolz. Man ließ ihn so oft dagegen laufen, bis er blutend am Boden lag. Das war dem Ausbilder nicht genug, immer wieder brüllten sie ihn an und scheuchten ihn, es erneut zu probieren. Das konnten wir nicht mehr mit Ansehen, wir stellten uns auf und klapperten mit unseren Gewehren. Daraufhin ließen die Ausbilder von ihm ab. Ein Sani versorgte ihn, nahm ihm das Gewehr ab und befahl ihm zum Schießplatz nachzukommen. Noch einmal hatte man versucht ihn über die Mauer zu jagen, bis er wieder zusammenbrach. Danach ließ man ihn endlich in Ruhe.

Einige Tage später kam es zu einem Vorfall, der einigen von uns bald das Leben gekostet hätte.Es hatte mit der Übung von Handgranaten zu tun, wir alle standen in einer Mulde und warfen die Granaten ins Tal. Bei mir und noch zwei anderen ging alles gut, ein Ungar zog die Granate aber statt sie wegzuwerfen, ließ er sie uns vor die Füße fallen. Blitzschnell reagierte unser Ausbilder, hob sie auf und warf sie ins Tal, noch in der Luft explodierte sie.

Nun verstand ich wie wertvoll eine gute Ausbildung ist.

Abends beim Rückmarsch in die Kaserne wurden Marschlieder einstudiert und das, solange bis es 100 % klappte, wenn nicht, wurde es sehr spät. Dann wurden noch die Waffen gereinigt und in der Waffenkammer abgegeben. Dort wurden sie überprüft, war was nicht in Ordnung, bekam man einen Tritt in den Hintern und bemühte sich es richtig zu machen. Erst jetzt säuberten wir uns und unsere Klamotten. Nach dem Abendessen ging es weiter mit Stuben und Revier reinigen. Beim Abendappell dann das große Zittern, der diensthabende Offizier betrat die Stube, jeder in strammer Haltung vor seinem Bett um Meldung zu machen. Es wurde genaustes kontrolliert, alles mußte an seinem Platz sein.

Dann kam ich an die Reihe, hatte alles schön auf einem Brett hinter mir gestapelt. Meine Meldung war noch nicht ausgesprochen, da flog alles im hohen Bogen aus dem Fenster. Mit einem Tritt in den Hintern flog ich aus dem Zimmer um meine Sachen wieder einzusammeln. Unten angekommen sah ich die ganze Bescherung, ein Teil meiner Klamotten hatten sich in einem Baum verfangen. Es blieb mir nichts anderes übrig, als in den Baum zu klettern und alles einzusammeln. Oben auf der Stube halfen mir ein paar Kameraden alles wieder ordentlich zu stapeln. Das war für mich das letzte mal, das ich beim Stubenappell negativ aufgefallen war.

Eines ist mir noch in Erinnerung, weil danach unsere Stube ziemlich in Ruhe gelassen wurde.

Irgendwann in der Nacht wurden wir geweckt um unsere gesamte Ausrüstung in einem Seesack zu verstauen, das Bett abzubauen und drei Etagen runter zur Ausbilderstube. Dort hieß es dann, kehrt Marsch, wieder nach oben und alles im ursprünglichen Zustand herzustellen. Wir hatten aber nur eine gewisse Zeit zu Verfügung, da der Fußboden aus Holz war, mussten auch die Kratzer verschwinden. Wir kamen auf die Idee, mit Schuhcreme den Boden zu polieren. Gespannt wie der Ausbilder reagierte, standen wir da. Er kam zum Appell, brüllte los, als er verdutzt stehen blieb, kurz abzählte und grinsend verschwand.

Die Ausbildung wurde immer härter, Märsche von 10-50 km waren nun an der Tagesordnung und das alles in voller Kampfausrüstung, egal wie das Wetter war. Beim Rückmarsch kurz vor der Stadt wurde halt gemacht. Alles mußte in Reihe und Glied antreten, sodann marschierten wir im Parademarsch und singend in die Kaserne ein.

Eines nachts gab es großen Alarm, in voller Kampfausrüstung antreten, Waffen und Munition holen und ab auf den LKW. Die Fahrt ging in die Berge. Nach ca.1 Stunde hieß es absitzen, nach noch einer Stunde Fußmarsch waren wir am Einsatzort. Man erklärte uns, das vor uns ein Dorf sei, was wir umstellten. Wir schwärmten aus und wir bekamen einen Posten zugewiesen. Das alles geschah sehr leise, auch ich hatte meinen Posten bezogen und wartete in Ruhe ab was geschah. Sie währte nicht lange, als ich am ganzen Körper ein Kribbeln bemerkte. Schnell war mir klar, das ich in einem Ameisenhaufen lag. Meinen Platz durfte ich nicht verlassen, denn das hätte böse Folgen für mich gehabt. Nach einer qualvollen Zeit hieß es endlich,, das Dorf einnehmen". Jede Hütte wurde sorgfällig nach Rebellen durchsucht, da wir aber nicht fanden, zogen wir wieder ab. Das Geschrei der Frauen und Kinder hatte ich lange in meinen Ohren. Auf dem LKW zog ich mich ganz aus und säuberte mich mit Hilfe meiner Kameraden von den Ameisen.

Am nächsten Morgen mussten wir in Paradeuniform und Käpiblanc antreten. 3 ½ Monate von der 6 monatigen Ausbildung hatte ich hinter mir.

Wieder hielt unser Kommandeur eine ausführliche Rede über Ehre und Tugend der Legion, mit dem Hinweis dass unsere Ausbildung 2 Monate früher abgeschlossen sei, aber das es bis zum Abtransport in voller Härte weitergehe. Mit einem ordentlichen Parademarsch durch die Kaserne konnten wir zu unseren Stuben wegtreten.

Es war Sonntag, ich erhielt meinen ersten Ausgang. Auf der Schreibstube hatte ich mich in Ausgangsuniform zu melden. Ich wurde vom zuständigen Unteroffizier genau in Augenschein genommen, erst dann unterschrieb er den Ausgangsschein. Viele mussten zurück, bis alles in Ordnung war. Mit noch zwei deutschen Kameraden ging ich zur Wache, die uns nochmals kontrollierten.

Endlich draußen ! 17 Monate waren vergangen, um dieses Gefühl von Freiheit zu spüren. Uns war schon klar, was wir zu erst machten, es ging ins Bordell. Diese Einrichtung war nur fürs Militär, auch dort genaue Vorschriften. Beim Eintritt wurde ich von einem Sanitäter empfangen der aus meinem Militärbuch alle Einträge abschrieb. Dann mußte ich noch ein Teil meines Körpers vorzeigen, er sah es sich genau an und dann kam das Ok zum reingehen. Es sah dort aus wie in einer großen Kneipe, dichter Rauch, Soldaten und viele junge Mädchen nicht älter als 18 Jahre, empfingen mich. Ausgang gab es nur bis 22 Uhr und so kam ich schnell zur Sache. Erst ein Mädchen, dann zum Alkohol und davon reichlich, als ich von beidem genug hatte, wieder zurück in die Kaserne

Der nächste Morgen begann mit einem großem Theater, es fehlten 2 Soldaten beim Appell. Alles wurde abgesucht, da wir annahmen sie würden irgendwo in der Kaserne liegen und ihren Rausch ausschlafen. Aber Fehlanzeige, umsomehr wurden wir rangenommen.

Nach 3 Tagen, ich dachte öfter an die Beiden, fuhr die Militärpolizei mit kreischenden Bremsen vor.

Ich hatte mich gerade zum Appell aufgestellt, als die 2 MP, Meldung beim Kommandanten machten. Danach zerrten sie die zwei Kameraden aus dem Jeep, sie waren kaum wieder zuerkennen. Die Gesichter Blut überströmt und sogleich wurden sie mit Gewehrkolben traktiert, dabei mussten sie sich vor die Kompanie niederknien. Mit brutaler Gewalt und Schläge hielt man sie fest, um ihnen den Kopf zu rasieren. Zugleich machte man uns klar, was mit Desserteuren geschieht. Später als ich die Zwei wieder sah, stellte ich fest, das die Vorderzähne fehlten. Ein Kamerad, der später Koperal wurde, erzählte mir seine Geschichte, als er in der Ausbildung versuchte zu fliehen.

Sie lagen ca. 100 km von der marokkanischen Grenze entfernt, als er auf eine, für ihn, geniale Idee kam. Er "besorgte" sich von einer Wäscheleine, aus dem Dorf, Zivilkleidung. Irgendwo stand ein Eimer weiße Farbe rum, den er mitnahm. Als die Gelegenheit günstig war, entfernte er sich von der Truppe. Mit der Farbe begann er die Begrenzungspfähle auf der Landstraße, Richtung Marokko, zu streichen. Als sein Fehlen bei der Truppe bemerkt wurde, zog die Militärpolizei sofort los, schnell hatte man ihn gefunden. Er wurde sofort zusammengeschlagen, ohne Rücksicht , schlug man ihm die Vorderzähne aus und verdonnerte ihn, zu 45 Tage Bau. (In dieser Zeit waren auch die neuen Zähne fertig.)

Als ich das hörte und auch die Kameraden sah, die zurückgebracht worden sind, schwor ich mir, mich niemals, lebend schnappen zu lassen.

KASERNE SIDI-BEL-ABES

4

Am 20. April war es nun soweit, nach dem Frühstück sagte man uns, wir sollten unsere Sachen packen. Noch heute würden wir nach Sidi Bel Abes verlegt werden, um dort auf die einzelnen Regimenter verteilt zu werden.

Schnell war der Seesack gepackt, nun noch die Stuben sauber gemacht und schon standen wir abmarschbereit auf dem Hof. Die Lastwagen warteten schon, darum fiel die Rede vom Kommandeur kurz aus. Sodann ging es los Richtung Sidi Bel Abes, eine bewaffnete Eskorte begleitete uns. Ohne Zwischenfälle kamen wir im Hauptquartier an.

Auch hier eine kurze Einweisung, worauf wir in das Gebäude CP3 verteilt wurden. Dieses war mit Legionären belegt, die von der Ausbildung kamen, oder solche die alles hinter sich hatten. Letztere die schon Zivil anhatten, wurden von uns beneidet und jeder unter uns hätte gern getauscht.

Mit dem nächsten Morgen begann der ernst des Lebens. Nach dem Morgenappell mussten wir einzeln zum Rapport. Beim Eintreten in das Büro, stellte ich fest das mehrere Offiziere anwesend sind. In strammer Haltung machte ich meine Meldung, worauf man freundlich entgegnete, dass ich" rühren" sollte. Ein Kapitän blätterte in meinen Papieren, nickte des öfteren mit dem Kopf, sah mich an und fragte": Warum bist du in die Legion gegangen."Sofort antwortete ich": Es war schon immer mein Wunsch, Soldat in der Legion Etranger zu sein." (Gedacht habe ich was ganz anderes) der Offizier tauschte Blicke mit den anderen Offizieren aus, nickte mit dem Kopf und schon war ich für die 13.demi Brigade abkommandiert.

Später erfuhr ich, dass ich einen schlechten Zug gemacht hatte, denn die 13. Brigade machte im Durchschnitt 50 % Prozent Verlust. Noch machte ich mir nicht viel Sorgen, denn geredet wurde viel, überhaupt wenn soviel Leute auf einen Haufen waren.

Da ich noch nie, solange von zu Hause weg war, überkam mich jedes mal Heimweh. Immer dann, wenn Post von meinen Eltern kam. Viel Zeit zum

Nachdenken hatte ich nicht, schon ging es los mit den ersten, wenn auch kleineren Einsätzen.

Mit 5 Kameraden übernahm mich ein Sergeant. In der Waffenkammer konnte ich mir Gewehr, Handgranaten und Munition abholen. Solange ich in Sidi Bel Abes blieb, behielt ich alles bei mir.

Wir hatten den Auftrag in einem Stadtviertel, was hauptsächlich aus spanischen Kaufleuten und Handwerkern bestand, Tag und Nacht Streife zu gehen. Unterstützt wurden wir dabei von der spanischen Heimwehr. Einquartiert wurden wir in einer Schule, die z.Z. geschlossen war.

Beim Streife gehen in der 3. Nacht, fand ich mitten auf einer Straßenkreuzung eine Frau, der man die Kehle durchgeschnitten hatte. Beim genauen hinsehen stellten wir fest, es war eine Spanierin. Wir verständigten die Heimwehr, sie erschienen sofort mit 20 bewaffneten Personen vor Ort. Großes Geschrei erhob sich und schon wurden die ersten arabischen Hütten gestürmt, wobei Männer und Frauen ins Freie gezerrt wurden. Dort schlug man wahllos auf sie ein um eine Aussage zu erzwingen. Für uns war die Angelegenheit damit erledigt und wir zogen uns in unser Quartier zurück.

Am anderen Morgen beschloss ich zum Frisör zu gehen, natürlich brauchte ich dafür die Genehmigung des Sergeanten. Er gab mir seine Maschinenpistole, mit den Worten, sie immer schussbereit zu halten, beim Rasieren und Haaresschneiden, sonst würde auch mir die Kehle durchgeschnitten. Beim Frisör ladete ich die MP durch und äußerte meine Wünsche. Verängstigt sah der Frisör mich an und bat mich Platz zunehmen. Er seifte mich ein und begann mit der Rasur. Als er mit dem Messer an meinen Hals kam, wurde mir doch etwas mulmig und war froh, als ich mit einem frischen Haarschnitt und Rasur wieder draußen war.

Nach einer Woche wurden wir abgelöst und es ging weiter im alten Trott. Nun hieß es Wache schieben in unserer Kaserne. Die Wache am Haupttor gehörte zu dem unangenehmsten Dienst. Ständig gingen Offiziere ein und aus und ich mußte laufend das Gewehr präsentieren und das zwei Stunden lang. Ein 10km Marsch wäre mir lieber gewesen.

Es nahte der 30. April, Cameronetag der als Gründungstag der Legion groß gefeiert wird. Es herrschte in der Kaserne eine Betriebsamkeit die sich darin äußerte, das alles von uns geschruppt und gewienert wurde. Selbst bei der Paradeuniform mußte jede Falte genau nach Vorschrift sitzen. Bügeleisen gab es nicht viele und so mußte ich mir etwas einfallen lassen. Einige hatten sich einen Stahlkamm zugelegt, den borgte ich mir aus und mit einem Kameraden zog ich die Zähne durch den Stoff. Durch Reiben entstanden super "Bügelfalten" in den Hosen.

Am folgenden Morgen versammelten sich alle Kompanien und Abteilungen auf dem Kasernenhof um sich wieder die übliche Rede des Kommandanten anzuhören. Danach mussten wir alle im Parademarsch, begleitet von einer Militärkapelle, durch die Europäschen Viertel marschieren. Am Straßenrand standen die Zuschauer und jubelten uns zu. In einem großen Bogen ging es singend zurück in die Kaserne. Dort wurde noch mal große Parade gehalten, danach ging es zum Essen. Es war heute vom Feinsten, das Beste was die Französische Küche zu bieten hatte, dazu Champagner und die besten Weine. Aber mehr als essen und trinken kann man nicht und so lag ich mit dickem Bauch auf meinem Bett. Siesta halten war Pflicht, wer keinen Dienst hatte.

Da wir alle knapp bei Kasse waren, nahmen viele den Ausgang nicht wahr, den heute jeder bekam. Ungefähr 25 Kameraden kamen auf die Idee, unsere Kannen, die sonst mit Wasser gefüllt und zum besprengen des Bodens, auf jeder Stube standen, in einen Schlafsaal zu bringen und diese mit Rotwein (Pinnah) zu füllen. Jeder brachte sein Kochgeschirr mit und daraus tranken wir bis zum umfallen.

Nach zwei Tagen erwachte ich auf der Krankenstation, alles was ich an Pinnah getrunken hatte befand sich auf dem Fußboden. Der Sani, der kurz darauf das Zimmer betrat, grinste und erklärte mir, dass manch einer, an soviel Wein schon gestorben ist und ich eine starke Alkerholvergiftung hätte. Mein Glück war es, dass ich alles erbrochen hatte. Ich versuchte gerade richtig zu mir zu kommen, als der Sergantchef hereinstürmte und mich nach allen Regeln der Kunst zur Sau machte.

Alle meine Saufkumpane saßen schon im Bau und mich ereilte das gleiche Schicksal, vorher mußte ich aber noch die Stube reinigen, das einige Stunden in Anspruch nahm.

Danach wurde ich in die Arrestzelle von der Hauptwache gesteckt und bis zum anderen Morgen eingeschlossen. Gleich ging es zum Rapport beim Kommandant, dieser hielt mir eine Standpauke und schildert, das ich wie ein Vandale gehaust hätte, einige unserer Betten haben wir aus dem Fenster geworfen und das aus dem 3. Stock, sodass die Militärpolizei geholt werden mußte. Die war auch nicht zimperlich, was ich später an den Gesichtern meiner Kameraden sah. Ich hatte nichts abbekommen, denn ich muss umgefallen sein, besinnungslos hatte man mich auf die Krankenstation gebracht.

Man verdonnerte mich zu 8 Tagen Prison mit Gummi, das heißt der Arrest ließ sich beliebig ausdehnen. Eine Wache begleitete mich zu meiner Stube, dort mußte ich mich umziehen. Etwas verwundert war ich schon, dass es kurze Sachen sein mussten. Das Gefängnis lag gegenüber unserer Unterkunft und war mit einer hohen Mauer umgeben. Meine Aufsicht brachte mich zum Tor, klopfte an und sofort wurde ich hinein gezogen. Der Chef des Prison, ein Adjudantchef nahm sich direkt meiner an. Er begrüßte mich mit den Worten " herzlich willkommen" und schon hatte ich seine Faust im Gesicht. Jetzt erfuhr ich auch warum kurze Hose und Hemd erwünscht waren. Man ließ mich ca. 10 Runden auf dem Betonboden im Innenhof robben. Ein Deutscher Kaporal mit nur einem Arm brachte mich zur Zelle, mit dem Hinweis, mich nicht beim Rauchen erwischen zu lassen, dann hätte ich einigermaßen Ruhe. Die Zelle war eng und schmal, es gab ein Bett aus Stein, sonst nichts. An schlafen war nicht zu denken, auch gab es keine Decke und ich fror erbärmlich, in dieser Nacht.

Um 5 Uhr wurde ich dann aus der Zelle und im Laufschritt zum Antreten gejagt.

Dort mußte ich mich mit dem Gesicht zur Wand an einer langen Mauer aufstellen, hier sah ich auch meine anderen Kameraden wieder. Sie hatten, deutliche Spuren von Schlägen im Gesicht. In strammer Haltung standen wir da und warteten auf die nächste Sauerei. Der Prisonchef lief hinter uns auf und ab, wobei er ein paar mal anhielt und dem vor ihm Stehenden einen Kopfstoß gegen die Wand gab. Wenn man Glück hatte, blieb es nur beim Nasenbluten, aber viele verloren auch ein Teil ihrer Zähne. Dieses passierte den Kameraden, die beim Rauchen erwischt wurden oder sonst unangenehm auffielen. Nach der Mauerkür wurden etliche Runden gerobbt, nur unterbrochen von 20-30 Liegestützen. So sah unser Frühsport jeden Vormittag aus. Danach wieder im Laufschritt zurück zur Zelle, aufstellen und eine Kelle Kaffe und ein Stück trockenes Brot in Empfang nehmen und im stehen schnell essen, da alles sofort wieder eingesammelt wurde. Morgens ging das noch ganz gut, Brot in heißen Kaffee getaucht und runter geschlungen.Bei der Ausgabe am Mittag klappte es nicht so gut. Es gab jeden Tag immer das gleiche, Kartoffeln mit heißem Öl übergossen, da wir keine Gabel hatten mussten wir mit den Fingern essen. Ich schaffte maximal 2 Kartoffeln und dann wurde das Kochgeschirr schon wieder eingesammelt. Eingesetzt zur Arbeit war ich in der Kaserne, dort mußte ich die dreckigsten Arbeiten verrichten.

Nach genau 8 Tagen wurde ich aus dem Prison entlassen und meldete mich auf der Schreibstube zurück. Dort teilte man mir mit, dass in der Zwischenzeit die 13. Demi Brigade schon ausgerückt sei und ich erst mal für längere Zeit auf Außenposten nach Desla geschickt werde. Ich dachte bei mir, dass der Bau doch etwas gutes hatte, denn die Ausfälle in der 13. waren sehr hoch.

Unsere Gruppe war 25 Mann stark und wir waren alle froh aus Sidi-Bel-Abes rauszukommen. Der Posten lag auf einer Burg und war zur Festung ausgebaut, bei guter Sicht sah ich das Meer. In der Ebene lagen große Farmen, die wir Tag und Nacht bewachen mussten. Da die Verpflegung ganz gut war hatte ich in kurzer Zeit mein Gewicht wieder, was ich durch den Bau verloren hatte. Trotz der Abwechselung war es für mich ziemlich eintönig, den immer Wache schieben, Patrollie fahren und dazu den normalen Dienst als Soldat. Nach 14 Tagen kam die Ablösung und für uns ging es zurück ins Hauptquartier.

Dort wurde mir mitgeteilt, dass ich demnächst zum 4. Regiment versetzt werde.

Kurz vor meiner Abreise gab es noch einen traurigen Zwischenfall. Es war Sonntag, wir hatten unsere Post in Empfang genommen und nahmen sie mit auf unsere Stuben um sie in Ruhe lesen zu können. Ein Stubenkamerad mit dem Namen Sörensen, Norweger oder Schwede, er wurde von uns Wikinger genannt, ca. 190 cm, groß blond und blauäugig. Er schrie plötzlich auf, starrte auf seinen Brief, rannte zum geöffneten Fenster und stützte sich in die Tiefe. Unsere Stube befand sich in der 3. Etage, sodass jede Hilfe zu spät kam und er sofort tot war. Was in dem Brief stand haben wir nie erfahren. Er wurde auf dem Militärfriedhof von Sidi-Bel-Abes mit militärischen Ehren beigesetzt, ich gehörte der Ehrengarde an.

Mitte Juni bekam ich den Befehl mich abmarschbereit zu halten. Mit 25 Mann marschierten wir von einer schwer bewaffneten Eskorte zum Bahnhof. Am Bahnhof von Algier holte uns ein LKW ab und fuhr mit uns in die Kaserne der regulären Armee. Nach dem Abendessen legten wir uns sofort hin. Nachts um 3 Uhr wurde ich schon wieder geweckt und nahm eine eiserne Ration Essen in Empfang, für die lange Fahrt. Schon ging es los, zum 4. Regiment. Die Fahrt führte mich bis zur Tunesischen Grenze. Als ich spät Abends in Bir El Ater (Brunnen der Tränen) ankam, spürten ich meine Knochen nicht mehr. Wie wurden auf verschiedene Zelte aufgeteilt und ich legte mich mit knurrenden Magen hin. Nach der langen Fahrt bei Hitze und Staub war das Feldlager für mich wie ein Himmelbett. Nach dem Frühstück ging es zum Regiment-Kommandeur. Wieder mußte ich meinen Spruch aufsagen und wurde nach Herkunft und Beruf befragt. Er teilte mir mit, dass ich ab sofort der 3. Kompanie angehöre. Das Hauptquartier lag mit regulären Truppen auf einem Berg. Die 3. Kompanie nicht weit entfernt in einem Tal.

Der Legionär Samow, er gehörte der Eskorte an, war auch bei der 3. und begleitete mich dorthin. Endlich war es soweit und ich war gespannt was mich erwartete. Erst einmal wieder das Übliche, Meldung bei der Wache und beim Kompaniechef. Sein Dienstgrad war Käpten und gebürtiger Schweitzer. Er stellte mir auf Deutsch ein paar Fragen und teilte mich zur 3. Secion ein. Dann noch zum Secionchef, einem Leutnant und weiter zum Unteroffizier.

Meine neuen Kameraden waren bei der Waffenreinigung und so lernte ich alle sofort kennen. Da 70 Prozent Deutsche waren, war es selbstverständlich, dass nur noch deutsch gesprochen wurde. Jeder wollte von mir was anderes wissen und ich wurde mit Fragen bombardiert. Nach einer halben Stunde erschien der zuständige Kaporal, Günter K.(wir sind bis heute noch befreundet) Er nahm mich mit zur Waffenkammer und teilte mir mit, das ich zu seiner MGi Truppe eingeteilt bin. Es wurde mir 1 Gewehr mit mehreren Magazinen, Munition, 2 Handgranaten und eine große Tasche mit 30 Magazinen für das MG ausgehändigt. Dazu noch Stahlhelm, Feldflasche, Uniform und ein Schapo (breitkrempige Kopfbedeckung) In der Unterkunft mußte ich alles ordentlich verstauen. Das war nicht einfach, da die Betten übernander standen. So blieben die Sachen, die nicht täglich benötigt wurden im Seesack.

Schnell stellte ich fest, das hier Kameradschaft großgeschrieben wurde, wir verstanden uns alle gut. Das Verhältnis zu den Offizieren und Unteroffizieren war sehr korrekt. Obwohl auch hier Disziplin und Ordnung herrschte, hatte man auch gewisse Rechte.

Meine MG Truppe lernte ich schnell kennen, da waren Gruppenführer Kaporal Güter K. ein Deutscher, Schütze Combari ein Luxemburger noch ein Franzose und ein Spanier, deren Namen mir entfallen sind. Der Kamerad Combari ist später bei Guelma gefallen.

Unsere Kompanie war voll motorisiert mit Transportwagen und AM, das waren leichte Panzerspähwagen.

Am nächsten Tag ging es schon los zur Operation gegen die Rebellen, auch Fellaghas genannt. Wir fuhren weit ins Gebirge, bis es nur noch zu Fuß weiter ging. Die Fahrzeuge blieben unter Bewachung zurück, um uns später irgendwo wieder aufzunehmen.

Es fiel mir sehr schwer mit meiner Ausrüstung zu marschieren. Da waren meine Waffen, die MG Munition, 2 Feldflachen (Bidon), Zeltplane, Schlafsack, Verpflegung, Waschzeug und Wäsche. Die Salz und Chinintabletten hatte ich am Morgen nicht genommen und so war nach kurzer Zeit, mein Kampfanzug weiß voll ausgeschwitztem Salz. Als der Sani das bemerkte, gab er mir sofort die erforderlichen Tabletten.

Man gab mir zu verstehen, wenn ich schlapp mache, ließe man mich zurück, aber ohne Waffen. Nach einer längeren Pause hatte ich mich aber soweit wieder regeneriert.

Seit 2 Tagen marschierten wie nun schon durch die Berge, ohne auf eine größere Gruppe Rebellen zu stoßen. Das einzige was ich sah, war ein aufgespießter Totenschädel in einem seichten Flussbett. Von Rebellen keine Spur und so stießen wir am 3. Tag wieder auf unsere LKW´s. Nach einer kurzen Bestandsaufnahme ging es zurück.

Es war spät am Abend als wir wieder in Bir-El-Ater waren. Nur noch Waffen und Körperpflege und ab ins Bett. Vor lauter Müdigkeit öffnete ich mein Moskitonetz nicht und so hatte ich eine unruhige Nacht. Aber aus allen lernte ich, immer die Tabletten zu nehmen und nie ohne Moskitonetz zu schlafen.

Am nächsten Tag wurde der Dienst eingeteilt. Unsere Secion hatte die Aufgabe den

6 Meter breiten und 3 Meter hohen Zaun entlang der Tunesischen Grenze gegen Rebellen zu bewachen. Die Pisten waren teilweise vermint,

sodass wir mit unseren Kleinlastwagen sehr aufpassen mussten.

Mittags ging es zurück und wir hatten frei. Aber auf die faule Haut legen war nicht, nun mußte unsere Kleidung gewaschen werden. Da neben der Waschanlage ein Brunnen war, ließen wir einen Sack mit Dosenbier hinunter. Nach ca. 15 Minuten war es bestens gekühlt. So machte auch die Arbeit Spaß. Abends trafen wir uns in kleinen Gruppen und es wurde weiter getrunken bis einer nach dem anderen abgefüllt in sein Quartier verschwand.

Am nächsten Tag teilte man mich zur 24 Stunden Wache ein. Das bedeutete 2 Stunden Wache, danach 2 Stunden Ruhe. Als ich am Haupttor Wache hielt, stieg aus einem Jeep

ein Offizier, kam auf mich zu und ich sah, dass es ein Priester war. Als ich wie üblich meinen Spruch aufsagte, plus 10 monatiger Dienstzeit, antwortete er in gutem Deutsch " schon 10 Monate Service, siehst du wie die Zeit vergeht, bald bist du zu Hause". Diesen Spruch sagte er zu allen Kameraden

Die nächsten Tage waren ausgefüllt mit Routine, Patrollie fahren und Waffen und Geräte Pflege.

Eines nachts, gegen 2 Uhr gab es großen Alarm. Bis auf das Stammpersonal, mußte alles antreten. Eine Einheit von Rebellen ca. 400 Mann stark, hatte die Grenze überschritten und versteckte sich in den Bergen. Das 2. Regiment und eine Einheit Fallschirmspringer unterstützten uns.

In schneller Fahrt ging es in die Berge, soweit es möglich war. Wir marschierten schon eine Weile, als plötzlich aus allen Richtungen Schüsse fielen. Mich erwischte es sofort, ich spürte einen harten Schlag in den Rücken und flog ein paar Meter die Böschung hinab. Nach dem ersten Schock, tastete ich meinen Rücken ab. Als aber kein Blut zu bemerken war, nahm ich meinen Rucksack ab und stellte fest, die Kugel ist im Magazin steckengeblieben. Die Wucht des Aufpralls hatte mich einfach umgehauen.

Wenn ich ehrlich sein soll, hatte ich ordentlich Muffensausen, das war bei uns der Ausdruck für Angst.

Als dann endlich die Hubschrauber und Fallschirmjäger kamen, konnten wir den Feind in die Zange nehmen. Ich lag neben den MG Schützen und bediente sie mit Magazinen, als plötzlich eine Handgranate explodierte. Der Kamerad neben mir schrie auf, röchelte noch ein paar mal und dann Stille. An den starren Augen erkannte ich, dass er tot ist. Vorher hatte ich auf seinem Platz gelegen, weil aber seine Magazine leer waren und meine noch voll, hatten wir die Plätze getauscht. Bei mir dache ich, armer Kerl, aber ich hatte Glück.

Es war schon früher Morgen als die Kämpfe nachließen, ab und zu viel noch ein Schuss. Es wurde befohlen keine Gefangenen zu machen. Die Sanitäter kamen und kümmerten sich um unsere Verwundeten. Als später die Bestandsaufnahme bekannt gegeben wurde, erfuhr ich das es 17 verwundete und 7 tote Kameraden gegeben hatte. Bei den Rebellen waren es 112 Tote, der Rest konnte fliehen. Bei den Fallschirmjägern gab es mehr Ausfälle, aber eine genaue Zahl wurde uns nicht genannt. Die Hubschrauber nahmen die Toten und Verwundeten auf und flogen sie als erstes raus.

Wir marschierten noch mehrere Stunden, bevor wir die LKW´s erreichten und dann ging es auch für uns zurück. In der Kaserne angekommen mussten Waffen gereinigt und Munition aufgefüllt werden, erst dann gab es ein sehr gutes Abendessen. An schlafen war nicht zu denken und so ließen wir uns in der Kantine mal wieder voll laufen.

Am nächsten Morgen teilte man uns mit, das rollende Bordell macht für drei Tage halt bei uns. Das lief dann so ab, am ersten Tag durften die Offiziere, den zweiten Tag Unteroffiziere und dann am dritten Tag die Mannschaft.

Die französchischen Offiziere befahlen sofort dem Koch, ihre spezielle Speise für den Abend

zu ordern. In dem Lager gab es auch drei Schweine bezw. Eber. Meinen Kameraden wurde befohlen, in den Stall zu gehen und mit vier Mann die Eber fest zu halten. Dann kam der Koch mit einem Rasiermesser und schnitt den Tieren die Hoden ab. Ich war 500 Meter weiter, an einer Mauer beschäftigt, die neu verputzt werden mußte. Aber auch bis dahin hörte ich das quieken der Schweine. Noch heute habe ich es in meinen

Ohren. Abends wurde den Offizieren gebratener Hoden serviert. Sie bildeten sich ein, damit ihre Potenz zu steigern.

Am nächsten Tag kamen vier Frauen an. (200 Soldaten zählte unsere Kompanie.) Sie richteten sich in einer alten Lehmhütte ein. Der Dritte Tag war dann für die Mannschaft, nur hatten viele kein Geld mehr, und so mussten sie sich damit begnügen, von außen durch die Ritzen zu schauen. Ich war noch immer mit meiner Mauer beschäftigt und fuhr darum nicht mit ins Gelände. Die Offiziere dachten durch viel Wasser, wäre auch mehr Sauberkeit, darum hatte ich den Auftrag für die "Damen" Wasser zu holen. Dafür wurde ich mit "Naturalien" belohnt. Meinen Kameraden, denen ich dies abends erzählte, wurden ganz schön neidisch. Drei Tage Später war auch das vorbei.

Die nächsten Wochen und Monate gingen so dahin, mal gut, mal schlecht.

Mittlerweile hatten wir September 1958 und ich war jetzt 19 Jahre jung. Bei den Legionären zählte ich zu den alten Hasen.

Wir bekamen in unserer Secion drei Neue, zwei Ältere von einer anderen Einheit und einen 18 jährigen frisch von der Ausbildung. Er war Deutscher und stammte aus Dortmund.

BIR EL ATER 1959

OBERATION REGION TEBESSA

AUSBILDUNG MASCARA

AUSBILDUNG MASCARA 1958

OPERATION CHEBBEL MANDRA 1959

UMSTELLUNG EINES DORFES

5

Das Gepäck für den Notfall stand immer bereit und so war die Kompanie sofort zur Stelle, wenn der Trompeter zum Alarm blies. An einem Abend war es mal wieder soweit.

Eine Truppe Fellaghas hielt sich im Grenzgebiet auf. Es war sehr dunkel, der Mond hatte sich hinter den Wolken versteckt. Außerdem galt besondere Vorsicht auf der Piste, wegen Minengefahr.

Plötzlich fiel ein einzelner Schuss. Sofort sprangen wir von unseren Fahrzeugen in Deckung. Nur einer nicht, Klaus unser Neuer aus Dortmund. Ein Kopfschuss hatte ihn sofort getötet.

Den gesamten Vormittag suchten wir die Gegend nach Fellaghas ab, aber sie hatten sich in Luft aufgelöst. Als die Aktion abgeblasen wurde, nahmen wir unseren toten Kameraden mit ins Lager.

Die Beerdigung mit militärischen Ehren, fand am nächsten Tag auf dem Soldatenfriedhof in Tebessa statt.

Am gleichen Abend hatte ich Wache und so fiel für mich das obligatorische Besäufnis aus. In meiner wachfreien Zeit dachte ich über vieles nach.

Wieso bin ich hier und halte meinen Kopf für eine fremde Nation hin. Die Fellaghas kämpften doch auch nur für ihre Freiheit. Ich dachte an Klaus und stellte mir vor, das auch für mich, alles zu Ende sein könnte.

Um mich abzulenken schrieb ich einen Brief an meinen Vater. Teilte ihm mit, dass alles in Ordnung sei und es mir gut gehe, er sollte sich keine Sorgen machen.

In der Nacht schrieb ich ein Gedicht für meinen toten Kameraden, was ich bis heute nicht vergessen habe.

Fern von der Heimat im Wüstensand,
liegt ein Jüngling
seine Haut ist verbrannt.
Seine Augen sind gebrochen,
sein Herz schlägt nicht mehr,
er fand den Tod in einem fremden Heer.
Eine Mutter wird weinen um ihren einzigen
Sohn,

der auszog in die Fremde, in die Fremdenlegion.
Er suchte das Glück und die Liebe dazu,
er fand nur Tränen und den Tod dazu.

Im November bekamen wir 15 Tage Kompanieurlaub. Es ging nach Bone, heutiges Annaba, am Mittelmeer.

Oberhalb von Bone nahmen wir Quartier in einem ehemaligen Hotel. Das Wetter war saumäßig, Nebel und Nieselregen empfingen uns. Urlaubstimmung wollte nicht aufkommen, außerdem wurde ich zur ersten Nachtwache eingeteilt.

Mein Posten lag außerhalb der Anlage, direkt am Wald Es war stockdunkel und ich sah nur 5 Meter weit, da die Wolken den Mond verdeckten.

Da war es wieder, das Muffensausen, es hatte was positives. Aufmerksam horchte ich in die Stille und passte doppelt so gut auf.

Plötzlich hörte ich ein leises Klirren von Metall, mir lief der kalte Schweiß den Rücken runter. Sicherheitshalber lud ich die MP durch und entsicherte sie. Sollte ich mich so geirrt haben, aber nein, da war es wieder. Metall schlug aufeinander. Ich legte an und zielte zum Waldrand. Ein ganzes Magazin verschoss ich in Richtung Wald.

Sofort flammten Scheinwerfer auf, Alarmrufe schalten durch die Nacht. Nach meiner Meldung wurde der Wald gründlich untersucht. Gefunden wurde ein toter Esel in einem alten Verschlag.

Meine Kameraden machten mich blöd an und nannten mich Eselstöter. Ein Unteroffizier funkte dazwischen und bestätigte, das ich richtig gehandelt habe.

Es hätte auch anders kommen können, denn unsere Devise hieß: “Schieße schneller, dann lebst du länger“

Beim Morgenappell mußte ich vortreten, unser Kompaniechef lobte mich für mein Handeln in der Nacht.

Endlich konnte der Urlaub beginnen, denn ich hatte meinen freien Tag. Mit zwei Wagen fuhren wir in die Hafenstadt und parkten in einer französischen Kaserne. So kamen auch die beiden Fahrer auch auf ihre Kosten. Der erste Weg ging natürlich ins Militär Bordell, was nach 6 monatlicher Abstinens auch höchste Zeit war. An diesen Tag begegneten mir dort, nur fröhliche Gesichter.

Danach machten wir uns zu Dritt auf den Weg zum Hafen. Wir hatten die Illusion vielleicht deutsches Schiffe zu sehen. Dort angekommen stellten wir schnell fest, das ohne Sondergenehmigung nichts zu machen war. Der Hafen glich einer Festung, so bewacht wurde er.

Also steuerten wir die erst beste Hafenkneipe an. Erstaunt blickte man uns an, denn hierhin verirrten sich selten Legionäre. Schnell hatten wir Kontakt zu deutschen Seeleuten. Bei Wein und Bier mussten wir von der Legion berichten.

Die Zeit verging im Flug, mit ziemlicher Schräglage machten wir uns auf den Weg zu unseren Wagen. Bis spätestens 22 Uhr hatten wir da zu sein, bis auf einen schafften es alle. Natürlich war großes Palaver, aber herbei zaubern ging auch nicht.

Im stillen freuten wir uns, das es mal wieder ein Kamerad geschafft hatte abzuhauen. Er war Italiener und da ich in dem Urlaub nichts mehr von ihm hörte, denke ich er kam nach Hause. Das konnte aber nur gelingen, wenn gute Helfer im Spiel waren.

Na ja, Verträge sind da, um gebrochen zu werden. Meine Gedanken beschäftigten sich auch schon mal mit Flucht, aber noch war ich nicht soweit.

Die 14 Tage Urlaub habe ich sehr genossen, obwohl es auch anstrengend war. Gutes Essen, viel Trinken und des öfteren ins Bordell.

Gleich in der ersten Nacht, wieder in Bi El Ater, gab es Alarm. Fast eine Woche dauerte der Einsatz. Zum Glück hatten wir wenig Feindberührung, mal ein kurzes Feuergefecht und schon waren die Fellaghas verschwunden. Nur zwei mal kam der Hubschrauber um vier Verwundete abzuholen. Bei den Rebellen gab es 4 Tote.

Der Einsatz im Gelände wurde mit einer Prämie belohnt. Das war auch das einzige Gute, da ich immer knapp bei Kasse war.

Es war kurz vor Weihnachten als mir befohlen wurde, mich beim Kompaniechef zu melden.

Warum konnte der Sergeant auch nicht sagen. Es konnte aber nur was positives sein, denn angestellt hatte ich nichts. Meine Ausgehuniform war immer auf dem neusten Stand und so war ich schnell umgezogen.

Nach einer korrekten Meldung, durfte ich "Rühren". Der Chef übergab mir einen Brief, mit den Worten ihn vorzulesen. Die Anschrift lautete: An einen deutschen Fremdenlegionär die SP Nummer, Paris und mein Name. (Die Post für die Legion ging über Paris) Ich erkannte die Schrift meines Vaters, mir viel ein, dass ich seit 4 Monaten nicht geschrieben hatte.

Zu Hause machte man sich große Sorgen und nahm an, ich sei nicht mehr am Leben. Nach dem Versprechen sofort zu schreiben, durfte ich gehen.

Zurück in der Secion war die Neugier recht groß. Na Ja, ich erzählte meinen Kameraden, dass ich keinen Orden bekommen habe. Aber die Frauen in Deutschland würden sich beschweren, dass ich so selten schreibe. Das nahm mir keiner ab, den Brief von meinem Vater akzeptierten sie. Erstaunt waren wir aber alle, dass der Chef sich persönlich darum kümmerte.

Die Tage verliefen im gewohnten Trott. Das Weihnachtsfest wurde wieder groß gefeiert, Essen und Trinken bis zum abwinken.

Traurigkeit überkam mich, das 2. Weihnachten in der Fremde. Jammern half nicht, ich hatte es so gewollt. Abends spülte ich mit Wein und Bier meinen Frust runter.

Unserer Aufgabe war es auch einen ausgebildeten Mienensucher zu begleiten. Er, ein Belgier ging mit einem Mienensuchgerät vor, ich folgte im großen Abstand. Erst wurde eine riesige amerikanische Panzermiene gefunden. Mit seinem Seitengewehr legt er sie frei, platzierte Sprengstoff darunter und zündete die Schnur. Schnell in Deckung und schon erfolgte die Detonation. Zwei mal mußte er an diesem Tag noch sprengen.

Hundemüde kehrte ich ins Lager zurück und ging sofort schlafen. Nach 2 Stunden wieder raus aus den Federn, rein in die Klamotten. Rucksack und Waffen geschnappt und raus zum Antreten.

Wie schon so oft mit dem LKW in die Berge, dann marschieren. Als wenn das nicht genug ist, setzte der große Regen ein. Immer höher, fluchend marschierten wir stundenlang. Fellaghas bekamen wir nicht zu Gesicht, die lagen in Höhlen und amüsierten sich über die blöden Legionäre.

Als die Sonne aufging kam der Befehl, alle Sachen auszuziehen und zum trocknen in die Sonne. Schwer bewaffnet aber nackt, taten wir Dienst. Schade keiner hatte einen Fotoaperrat dabei, das wären klasse Bilder geworden. Unser Trupp hatte Rundumwache, dafür bezogen wir auf einen Berg Stellung. Zum Schutz gegen die Sonne hängten wir uns Zeltplanen um.

Erst mal frühstücken, was stark übertrieben war, denn es gab feuchtes Brot und Schokolade.

Wegen Mangel an trockenem Holz, konnte auch kein Kaffee gekocht werden. Den Offizieren ging es nicht besser. Die Sonne und der starke Wind ließen unsere Sachen schnell trocknen.

Einen Tag und die ganze Nacht marschierten wir durch die Berge, bis es plötzlich von allen Seiten knallte.

Schnell die MG in Stellung und das Schussfeld beharken. Wie aus heiterem Himmel schossen zwei Jagdflugzeuge über uns hinweg. Durch Leuchtspurgeschosse kennzeichneten wir unsere Stellung.

Die einmotorigen Propellermaschinen aus dem 2. Weltkrieg waren für die Berge besonders geeignet, da sie langsam fliegen konnten.

Sie blieben solange, bis ihre Munition und Bomben verschossen waren. Danach stürmten wir den Rest nieder. Es dauerte nur eine Stunde, die Fallaghas hatten keine Chance.

In einer Höhle machten wir fünf Gefangene, sie wurden später dem 2. Büro übergeben. Besser wäre es gewesen sie sofort zu erschießen, dann hätten sie einen leichteren Tot gehabt.

Die Rebellen hatten 33 Tote zu beklagen. Bei uns 1 Toter und 6 Leichtverletzte, die vom Hubschrauber abgeholt wurden.

Da der Hubschrauber uns heißen Kaffee und Schokolade(bei der Legion Frühstück Nr.1) mitgebracht hatte, wurde eine Pause eingelegt.

Nach einem Gewaltmarsch in der Nacht erreichten wir am Morgen unsere LKW´s. Wir streckten uns lang hin und schliefen sofort ein.

Trotz der schlechten Wegstrecke mußte ich am Ende der Fahrt wachgerüttelt werden.

Wenigsten bekamen wir gutes Essen, bevor es zum Reinigen ging. Sauberkeit wurde wie bei jeder Armee groß geschrieben.

Was mir auch auffiel, es bekam niemand eine Erkältung. Also, waren wir Jungens durch die harte Ausbildung abgehärtet.

Ohne Alarm feierten wir in das Jahr 1959 rein.

Anfang Januar, ich hatte mal wieder Wache, steuerte ein Jeep auf meinen Posten zu. Zwei Unteroffiziere hatten einen Gefangenen bei sich, der an Händen und Füßen gefesselt war. Es handelte sich um einen Legionär, alle Drei wollten nur über Nacht bleiben. Nach meiner Meldung, wurde mir befohlen, den Gefangenen in die Arrestzelle zu sperren. Das war nicht einfach, er konnte kaum laufen, sein Gesicht war voll, mit geronnenem Blut. Ich versuchte mit ihm zu reden, aber das war nicht möglich, er gab nur wirres Zeug von sich. Die ganze Nacht tobte er in der Zelle, so dass keiner von uns schlafen konnte.

Ich erfuhr, dass er vor ein Kriegsgericht gestellt wird. Warum sagte man mir nicht, für uns war er nur ein armes "Schwein". Schnell hatten wir den Vorfall vergessen, jeder von uns hatte seine eigenen Sorgen. Ein Ungar, der mit mir Wache hatte, konnte den Gefangenen nicht so schnell vergessen. Er sagte mir, bei der nächsten Gelegenheit, haut er ab.

Das war schon eine Woche später. Unsere 3. Secion war zur Nachtwache ins Niemandsland abkommandiert. Der Ungar und zwei Landsmänner von ihm, sahen ihre Stunde, zum abhauen gekommen. Natürlich waren wir alle eingeweiht, sie hatten vor, zur Oase Gafsa in Tunesien zu gehen. Meine Wache dauerte mal grade 10 Minuten, ich lag im Hinterhalt, als drei Gestalten an mir vorbeihuschten. Ich tat so, als wenn ich sie nicht bemerkte. Aus dem Augenwinkel heraus, sah ich aber, dass sie in voller Kompanieausrüstung waren. In Gedanken wünschte ich ihnen viel Glück.

Gehört habe ich von denen nichts mehr, und so denke ich, das sie es geschafft haben.

KOMPANIEURLAUB ANNABA

3 UNGARISCHE KAMERADEN DESSETIERT
1959

DER AUTOR 1959 IN ALGERIEN

ERBEUTETE WAFFEN BIR EL-ATER

AUF PATROLIE BIR EL-ATER 1959

6

Mitte Januar erhielt unsere Kompanie 12 Neuzugänge, dabei auch Günter aus Oberhausen. Wir kannten uns von der Ausbildung. Er kam von den Fallschirmspringern, dort hatte er viel Mist gebaut, was erzählte er nicht. So gut wie nie wurde ein Legionär versetzt, Günter war die Ausnahme. Er war Amateurboxer gewesen und ich dachte mir mein Teil, leider kam er in die 2. Secion.

In der Ausbildung waren wir Freunde geworden und nun verbrachten wir die Freizeit zusammen. Einmal fragte er mich, ob ich mit ihm abhaue. Sicher, wir lagen direkt an der tunesischen Grenze, aber sie war voll mit Militär. Nachts wusste man nicht welche Einheit auf der Lauer lag. 90 Prozent wären abgehauen, wenn es so einfach wäre.

Ich erklärte ihm, nur bei einer 100 % Chance. Denn die Parole hieß, die Rebellen schneiden Deserteuren die Kehlen durch. Monate später fielen mir Flugblätter zu, auf denen geschrieben stand: Kommt zu uns, wir helfen euch nach Hause zu kommen. Dokumentiert waren sie mit Bildern und Briefen von ehemaligen Legionären.

Günter wollte unbedingt nach Hause, meinte, er sei zu jung zum Sterben. Auch wollte er nicht als Krüppel im Invaliedenheim bei Marseille dahinvegetieren. Drei Nächte später waren Günter und ein Ungarn verschwunden. Beim Morgenappell wurde die Flucht bemerkt, es gab großes Palaver. Gesucht wurde wegen des Vorsprungs aber nicht. Zwei Hubschrauber starteten, ob das für die Suche war, weiß ich nicht.

Zwei Wochen später bekam ich Post aus Oberhausen, ohne Absender, damit hätte er mich in Gefahr gebracht. Mein Kumpel schilderte seine Flucht: Sie sind die Nacht, teilweise im Laufschritt, bis weit ins Landesinnere von Tunesien gekommen. Als es hell wurde, mussten sie sich verstekken. Aber eine Truppe Rebellen spürte sie auf, sie ergaben sich sofort. Sie wurden freundlich behandelt, und ein Jeep brachte sie in die nächste Ortschaft. Von dort über Tunis nach Deutschland. Die Parole von der Kehle durchschneiden, war hiermit widerlegt.

Über den Brief sprach ich nur mit Kameraden, denen ich trauen konnte. Sie freuten sich mit Günter. Einige dachten selbst übers abhauen nach. Man sollte Geduld haben, unsere Zeit kommt auch noch, aber darüber später.

Wir mussten wieder in die Berge auf Operation. Es herrschte große Hitze, was nicht der Jahreszeit entsprach. Zwei Tage irrten wir in den Bergen umher, vom Feind, weit und breit nichts zu sehen. Die Wasservorräte gingen dem Ende zu und Nachschub war nicht in Sicht. Einige Kameraden drehten durch und der Sanitäter hatte mit Spritzen geben, genug zu tun. Einige versuchten mit bloßen Händen, in ausgetrocknete Flussbetten, nach Wasser zu graben. Wären jetzt die Fallaghas aufgetaucht, hätten sie leichtes Spiel mit uns gehabt. Wir waren so schwach und fertig, dass sie uns nur mit Knüppeln, hätten totschlagen können. Der Milan F. hatte noch eine volle Feldflasche Wasser. Einige Kameraden boten bis zu 500 Franc dafür, um einen Schluck Wasser zu bekommen. Er verteilte das Wasser, aber Geld bekam er nie. Am 3. Tag, kamen endlich die Hubschrauber mit dem Nachschub. Es war auch höchste Zeit, einen Tag später, und viele wären draufgegangen. Den Grund über diese Panne haben wir nie erfahren, ich denke das die obere Führung, Mist gebaut hatte.

Ende April bekamen wir Bescheid, das ganze Lager würde geräumt und wir werden nach Biskra verlegt. Den ganzen Tag, ohne nennenswerte Pausen, beluden wir die Lastwagen. Jeder gab sein bestes, vom Legionär 2. Klasse bis hoch zum Kapitän, packten alle mit an. Einige Säcke Bier hingen schon im Brunnen, denn es sollte ein zünftiger Abschied von Bir El Ater werden. Am späten Nachmittag war es dann so weit, die gekühlten

Dosen aus dem Brunnen zu holen. Bis auf die Nachtwache, saß alles draußen zusammen, da auch Unteroffiziere und Offiziere dabei waren, hatte man das Gefühl, in einer großen Familie zu sein.

Später lagen wir in voller Montur auf unseren Betten, um unseren Rausch auszuschlafen, als es mitten in der Nacht Alarm gab. Eine Secion blieb zur Wachenverstärkung, der Rest fuhr ins Gelände und nahm sich ein paar Dosen Bier mit. Es hieß wie immer, Rebellen haben die Grenze überschritten. In schneller Fahrt ging es zum Aufmarschziel, sofort wurde Stellung bezogen.

Bis auf die Fahrer, die an diesem Abend nichts getrunken hatten, waren wir ziemlich besoffen. Zum Glück gab es keine Feindberührung, das wäre auch schlecht für uns ausgegangen.

Wir waren alle der Meinung, dass unser Regiment einen Test mit uns machte: "Wie schnell braucht eine betrunkene Kompanie um ihre Bereitstellung zu erreichen", a la Legion.

Wir suchten uns für die Nacht einen geeigneten Lagerplatz. Es war gut, sich zu zweit zusammenzuschließen, so konnte einer Schlafen, während der andere Wache hielt.

Im Morgengrauen hörte man aus allen Richtungen das Zischen der Bierdosen und waren froh, dass alles gut verlaufen war.

Über Funk kam der Befehl, Richtung Hauptsraße zu fahren, um sich mit dem Rest der Kompanie zu treffen, nach zweistündiger Fahrt waren wir am Ziel.

Nach einer Besprechung der Offiziere und Gruppenführen, kam der Befehl uns in Richtung Biskra aufzumachen. Dieser Ort liegt nord-westlich von Bir El Ater am Rande des Auresgebirge, weit entfernt von der tunesischen Grenze. Wie lange wir unterwegs waren, weiß ich heute nicht mehr. Aber es war spät am Abend, als wir ohne Zwischenfälle in Biskra ankamen.

Die erste Nacht verbrachten wir in einer französischen Kaserne, da es dort einen Pool gab, hatte ich Gelegenheit, nach fast zwei Jahren, das erste mal wieder zu schwimmen. Es war wie Ostern und Weihnachten auf einen Tag, und ich genoss es in vollen Zügen.

Der nächste Tag war wieder Realität, wir mussten in einer ehemaligen Autowerkstatt Quartier beziehen, außerhalb von Biskra, am Rand einer Oase. Hier hausten wir wie die Zigeuner, es machte mir nicht viel aus auf dem Boden zu schlafen, das war ich gewohnt, aber die Moskitos plagten uns Tag und Nacht.

Es lagen mehrere Regimenter um Biskra, da eine große Operation angeordnet war. Hier traf ich meinen ehemaligen Secionschef, Leutnant de Verez aus Macara wieder. Nach einer kurzen und freundlichen Begrüßung, wünschte er mir viel Glück und Erfolg für die kommende Operation. Glück konnte ich gebrauchen, auf Erfolg war ich nicht scharf.

Am nächsten Tag ging es in den Einsatz, mit vollem Marschgepäck und Verpflegung für mehrere Tage, marschierten wir in die Berge. Dichte Nadelbäume empfingen uns, eine neue Erfahrung, wir kannten bis dato, kahle Felsen. Das hieß, gut aufpassen, denn hier war der Feind schlecht einzusehen. Unser MG Trupp war für einen höheren Berg eingeteilt, um gegebenenfalls, Rückendeckung zu stellen. Dieses mal wurden wir noch von einem Funker begleitet, um erreichbar zu sein. Nach Mitternacht erreichten wir die Bergkuppe und richteten uns sofort ein, drei Mann wurden zur Wache eingeteilt, die anderen Drei, legten sich für 2 Stunden schlafen. Die Dämmerung zog gerade auf, da knallte es aus allen Richtungen, es wurde über Funk befohlen, den gegenüberliegenden Berg zu beschießen. Dort hatten die Fellaghas zwei MG Nester aufgebaut und beschossen unsere Kompanie. Wir schossen was das Zeug herhielt, bis der Koperal Günter K. uns aufforderte, zu warten bis es hell genug war, um gezielter zu schießen. Als die Sonne aufging, wurden wir von der anderen Seite beschossen, unsere Stellung war aber so gut ausgebaut, das uns im Moment nicht viel passierte. Über Funk wurden Jagdflugzeuge angekündigt, bei dessen näherkommen, sofort Leuchtpatronen abzuschießen sind. Die "Jabos" ließen nicht lange auf sich warten und nahmen den gegenüberliegenden Berg unter Beschuss. Nach dem Angriff, war ein einzelnes MG, drüben übrig geblieben, das nun von uns, abermals beschossen wurde. Endlich war es drüben still, nun konnte die Kompanie, unter geringen Verlusten die MG Stellung einnehmen.

Drei Tage dauerten die Kämpfe nun schon an, als die Fellaghas auch noch einen Hubschrauber von uns abschossen. Besetzt war er mit einem General und einem Colonell, das war für die Legion ein großer Verlust, es handelte sich um hochdekorierte und altgediente Offiziere die ein hohes Ansehen genossen. (Von dem Piloten sprach niemand.)

So schnell wie die Kämpfe anfingen, hörten sie auch auf. Dann wurde Bilanz gezogen, alle Beteiligten hatten erhebliche Verluste, die meisten Toten zählten wir bei den Fallaghas, es waren über 150. Bei meiner Kompanie gab es 8 Verwundete und 3 Tote, was aber unter dem Durchschnitt lag. Etliche Waffen wurden erbeutet, darunter ein deutsches MG 42 aus dem letzten Weltkrieg. Da sah ich, dass die Rebellen teilweise bessere Waffen hatten.

Zurück in der Oase bei Biskra, hausten wir wieder in der alten Autowerkstadt. Morgens hörte man die Kameraden, fluchen, jeder in seiner Muttersprache, wir sahen aber auch zum Erbarmen aus, von oben bis unten, voller Mückenstiche. Es wurde Zeit, dass wir hier abhauten, denn von der Stadt bekamen wir auch nichts zu sehen, man gab uns keinen Ausgang. Da es nichts mehr zu tun gab, hieß es wieder, auf die Lastwagen Richtung, Region Tebessa. Es lagen ca. 300 km Piste, oder auch ausgebaute Straßen vor uns. Die Motoren liefen bei dieser Hitze schnell heiß, sodaß immer wieder Pausen eingelegt wurden.

Auf halber Strecke entdeckten wir eine kleine Zeltstadt, die unser Regiment für uns aufgebaut hatte. Erst jetzt, teilte unser Gruppenführer uns mit, das wir hier für einige Monate bleiben. In wenigen Wochen bauten wir sie als Festung aus, dazu nahmen wir was die Gegend uns bot. Viel war es ja nicht, aber mit Felsbrocken ließ sich eine kleine Mauer hochziehen. Einfache Feldbetten und

Moskitonetze ließen uns einigermaßen schlafen. Wir machten unseren Dienst wie gewohnt, Patrollie fahren, Wache schieben, oder an der Befestigung bauen. Gott sei Dank, blieben wir von Einsätzen verschont. Die einzige Abwechslung, brachte der Versorgungswagen, er hatte immer Wein und Bier dabei, leider reichte das nur für einige Tage. Im August hieß es dann, weiter nach Tebessa. Waren wir froh, endlich aus dieser Einöde herauszukommen, wir machten 10 Kreuze in den Wind, als wir auf unseren Wagen saßen. Als ich zurückblickte, war auch ich ein bisschen stolz, denn wir hatten es geschafft, aus einer Zeltstadt, eine kleine Festung, zu bauen.

Bei Le Keef, in einer ehemaligen Miene, bezogen wir Quartier. Der Grenzzaun nach Tunesien war in unmittelbarer Nähe. Die ersten Parolen übers Abhauen machten ihre Runden, fast jeder hatte nichts anderes mehr im Kopf. Die Gelegenheit, so nah an der Grenze zu liegen, kommt so schnell nicht wieder.

Aber erst einmal hieß es, Operation in den Bergen, Richtung Guelma, mit drei Einheiten blieben wir fast zwei Wochen im Gelände. Dieses mal hatte das Glück uns verlassen, wir hatten hohe Verluste zu beklagen, alleine in unserer Kompanie, 14 Tote und 21 Verwundete. Bei den anderen Einheiten sah noch schlimmer aus. Aus diesem Grund wurde die Operation abgebrochen, sodaß wir froh waren aus den Wäldern rauszukommen.

Dreckig und ausgelaugt kamen wir in Le Keef an. Sofort wurde uns berichtet, das 5 weitere Kameraden abgehauen sind. Wäre ich nicht so kaputt gewesen, hätte auch ich mich "Dünne" gemacht, aber schlafen war mir im Moment wichtiger.

Die nächsten Tage gingen so da hin, nichts besonderes, immer das gleiche. Nein, etwas war anders, es türmten nochmals 5 Kameraden. Nun wurde es den Offizieren, doch zu viel und so mussten Unteroffiziere, die Wachmannschaften kontrollieren. Jetzt wartete ich auf eine Gelegenheit abzuhauen. Eines Morgens las ich auf dem Dienstplan, ich war für die Wache am Mieneneingang eingeteilt. Mist, ging es mir durch den Kopf, dort bestand keine Chance, zu türmen. Zum Tor wurden nur noch Legionäre, die das Vertrauen des Secionchef hatten, abkommandiert. Im Laufe des Tages, ergab es sich, eine Unterhaltung mit einigen Kameraden zu führen, bei dem auch der Secionschef anwesend war. Es wurde lautstark diskutiert, über die 10 Fahnenflüchtigen. In meinem besten Französisch, gab auch ich meinen Kommentar dazu ab. So was könnte ich nicht verstehen, denn ich würde mit dem Gedanken spielen, mich für 15 Jahre zu verpflichten. Als ich eine Stunde später, mir den Plan für die Nacht nochmals anschaute, stellte ich, zu meiner Freude fest, ich hatte Wache von 24-2 Uhr am Haupttor.

Wer sagt es denn, auch mit einer Lüge kommt man weiter. Es war schon im Voraus abgemacht, dass wir zu Dritt türmen, noch ein Deutscher und ein Italiener. Den Beiden sagte ich Bescheid, 0.15 Uhr am Tor. War den ganzen Tag, schwer aufgeregt und zählte die Stunden, immer darauf bedacht mir nichts anmerken zu lassen. Endlich war es soweit, ein Unteroffizier hatte mich soeben kontrolliert, als die Beiden angeschlichen kamen. Doch der Italiener blieb stehen, sagte zu meinem Kameraden, er habe es sich anders überlegt. Seine Angst sei zu groß, wir sollen alleine gehen, er würde uns bestimmt, nicht verraten. Das war natürlich ein sehr großes Risiko, wir wussten nicht, ob wir ihm trauen konnten. Wir warteten noch 15 Minuten, als alles ruhig blieb, legte ich Gewehr und Munition bei Seite. Die Handgranaten nahm ich mit, denn mich sollte keiner lebend kriegen, zu genau war noch die Erinnerung, was sie den Deserteuren antun.

REPUBLIQUE ALGERIENNE

FRONT DE LIBÉRATION NATIONALE — ARMÉE DE LIBÉRATION NATIONALE

LEGIONNAIRES !

De gauche à droite : Nicolas WEB[illegible], Rudi HERTZBERG, Horst [illegible]

L'Armée de Libération Nationale vous parle :

POUR des raisons personnelles et souvent dramatiques, vous vous êtes engagés dans l'armée française.

Victimes d'une propagande intense, vous vous êtes retrouvés en Algérie, faisant une guerre sans merci à un peuple qui lutte pour sa liberté et son indépendance.

Vous êtes maintenant en mesure de juger par vous-mêmes. Après avoir parcouru les villes et les campagnes où règne la richesse insolente des colons, vous avez pu, au cours des ratissages qui vous ont été imposés, constater la misère profonde du peuple algérien, ruiné et asservi depuis 128 ans par le système colonial.

Pour maintenir la domination et les privilèges des colons français, les cadres français de votre Légion vous présentent l'Algérien comme un être fanatique et rétrograde.

Recrutés comme soldats pour servir dans l'honneur et la dignité, vous [illegible] utilisés [illegible] guerres coloniales comme mercenaires. Vous êtes payés non pour être les gardiens du droit et de la justice, mais pour être les gendarmes vigilants, les bourreaux d'un régime d'oppression. VOUS ETES PAYES POUR FAIRE LES BESOGNES LES PLUS VILES.

Il est temps de vous ressaisir, de réfléchir pour comprendre la situation réelle de l'Algérie et des Algériens.

L'A.L.N. est une armée du peuple, d'un peuple qui s'est soulevé pour abattre un régime insupportable, d'un peuple qui entend arracher son indépendance.

L'A.L.N. est une armée qui se bat pour une cause noble et juste : la liberté, que vous avez vous-même ou que vos pères ont défendue, dans chacun de vos pays.

C'est pourquoi l'A.L.N. fait appel à votre sens de l'honneur, à votre sens de la justice pour comprendre la grandeur du combat du peuple algérien.

LEGIONNAIRES ! Abandonnez une armée où votre dignité est bafouée. Quittez les rangs d'une Légion où vous n'êtes pas des soldats, mais des mercenaires utilisés dans des besognes honteuses et injustes. Franchissez les lignes françaises pour retrouver la liberté.

L'A.L.N. vous accueillera et prend l'engagement d'honneur de vous faire rapatrier comme elle l'a fait pour plusieurs centaines des vôtres.

LEGIONARI !

Disertate un'armata che si beffa della vostra dignità.

Abbandonate le file d'una Legione in cui non siete soldati, ma mercenari per combattere cause vergognose ed ingiuste. Varcate le linee francesi e troverete la libertà.

L'A.L.N. vi accoglierà fraternamente prendendo l'impegno d'onore di farvi rimpatriare, sani e salvi in seno alle vostre famiglie.

REPUBLIQUE ALGERIENNE

LAISSEZ-PASSER

Combattants algériens !

Vous êtes tenus de faciliter le passage et la circulation de tout légionnaire ou soldat français qui quitterait les rangs de l'armée française pour rejoindre ceux de l'Armée de Libération Nationale.

Pour le Ministère des Forces Armées

Le Commandement de l'A.L.N.

FLUCHTBLATT o

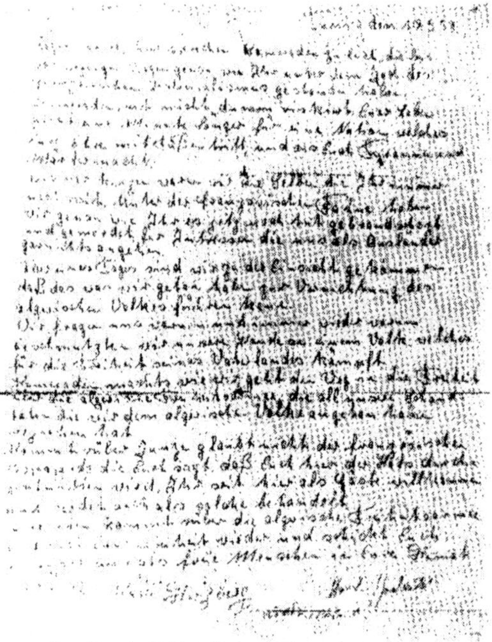

FREMDENLEGIONARE !

LEGIONARE : Kehrt der Armee die Eure Ehre mit Füssen tritt, den Rücken !

Was habt Ihr noch in einer Legion zu suchen, in der Ihr statt als Soldaten als Soldknecht der Schan de und der Ungerechtigkeit dient ?

Kommt zu uns herüber und werdet frei se.n !

Die Nationale Befreiungsarmee wird euch beschützen und gibt Euch ihr Ehrenwort, dass sie Euch zur Rückkehr in die Heimat oder in das Land Eurer Wahl verhelfen wird !

FLUCHTBLATT 1

7

Schnell hatte ich das Tor überwunden und rannte los, Richtung Tunesien, aber erst durchs Niemandsland, ich orientierte mich, nach dem Stand des Mondes. Nach einer halben Stunde im Laufschritt, blieben wir stehen und horchten, reguläre Truppen hätten im Hinterhalt liegen können. Da wir nichts bemerkten, setzten wir unseren Weg fort, bis auf einmal in weiter Ferne, hinter uns, Sirenen aufheulten und Scheinwerfer aufflammten, da war uns klar, unsere Flucht war bemerkt worden. Immer schneller setzten wir unseren Weg fort, bis wir vor uns Hundegebell hörten. Da war mir klar, wir müssen in Tunesien sein. Ich hatte keine Lust, mich von Hunden beißen zu lassen, darum schlug ich meinem Kameraden vor, auf einen Baum zu klettern und abzuwarten, bis es hell wird. Als der Morgen kam, verließen wir unser Versteck und setzten unseren Weg fort, Richtung Dorf. Auf halbem Weg kam uns ein Araber entgegen, entsetzt sah er uns an, bevor ein Grinsen über sein Gesicht zog. Ich fragte ihn, ob hier schon Tunesien sei, was er mit einem freundlichen Lächeln bestätigte. Daraus schloss ich, ihm waren schon mehrere flüchtige Legionäre begegnet.

Er nahm uns mit zu einer Hütte und fragte, ob wir hungrig sind. Als wir eintraten, empfing uns Dunkelheit und ein fürchterlicher Gestank. Um einen Topf herum saßen drei Männer mit langen Bärten, sie fischten, mit den Fingern, Hammelfleisch aus einen, mit Olivenöl gefüllten Topf. Um sie nicht zu beleidigen, steckten auch wir unsere Finger hinein und holten ein Stück Fleisch heraus. Tapfer steckte ich das stinkende Fleisch in den Mund. Alleine vom zuschauen, wurde mir schlecht, denn ihre Bärte hingen mit in dem Topf. Plötzlich hörte ich draußen ein Motorengeräusch, ich erschrak, aber die Araber beruhigten mich, es sei "Police Tunesia". Als ich vor die Hütte trat, standen 3 Polizisten mit gezogener Pistole vor mir, sofort nahm man mir die Handgranaten ab. Mit den Armen über den Kopf, wurden wir abgeführt. Endlang der Schützengräben, immer den Lauf der Pistole im Nacken, kam mir der Gedanke, die drücken gleich ab und verscharren dich hier. Alles was ich in den letzten 2 Jahren erlebt hatte, war dies das schlimmste und ich schloss mit meinem Leben ab. Es war uns ja immer eingeredet worden, die Tunesier bringen euch um, und nicht wie auf den Flugblättern zu lesen, daß sie uns helfen nach Hause zu kommen.

Gott sei Dank, waren das Märchen, denn wir mussten in den Jeep einsteigen, der uns zur nächsten Polizeistation brachte. Als wir nach einer halben Stunde dort ankamen, wurden wir sofort verhört. Danach brachte man uns auf dem schnellsten Weg zur Hauptstadt Tunis. Es war spät am Abend als wir dort ankamen. Auf der dortigen Polizeistation erklärte uns ein Kommissar, wir würden pro forma, für 3 Tage ins hiesige Gefängnis gebracht. Das war nötig, weil wir, illegal die Grenze überschritten haben. Wir sollten das aber nicht so ernst nehmen, die Zellentüren blieben offen und wir können uns, im Innenhof frei bewegen. Endlich ließ er uns eine Kleinigkeit zu Essen bringen, bevor es zum Gefängnis ging.

Dort angekommen stellte ich fest, dass noch weitere Kameraden da waren, die letzten 5, die vor uns abgehauen sind. Jetzt erst fühlte ich mich von der Fremdenlegion befreit und schlief in der ersten Nacht auf dem harten Zellenboden, tief und fest.

Am nächsten Morgen stellte ich fest, dass die Verhältnisse dort sehr ungewöhnlich waren. Mit uns Legionären, waren Männer, Frauen und Kinder, aller Altersklassen da. Das Frühstück ging noch so, Tee und trocknes Brot, aber beim Mittagessen drehte sich mein Magen um. Ein halbes ausgehöhltes Brot, darin heiße Kartoffeln und dabei Olivenöl, was furchtbar stank. Die Wärter waren uns gegenüber sehr freundlich, morgens begrüßten sie uns mit: "Heil Hitler", den Gruß erwiderten wir aber nicht. Da wir eigenes Geld hatten, ließen wir uns von den Wärtern, Essen aus einem naheliegenden Hotel holen. Die drei Tage gingen schnell vorbei. Wir wurden mal wieder zu einem Verhör gebracht, gleichzeitig gab man uns Luftmatratzen und Decken. 2 Büroräume wurden uns zu Verfügung gestellt, nun hatten wir es bequemer. Den nächsten Tag ging es zur deutschen Botschaft, wir benötigten richtige Papiere.

Die Dienstausweise nahm man uns ab. Das Foto davon, wurde nach Deutschland geschickt, um eine Identifizierung, seitens meines Vaters, im Duisburger Polizeipräsidium vorzunehmen. Die Personalien stimmten, aber an Hand des Fotos, erkante er mich nicht, denn darauf hatte ich eine Glatze. Trotzdem bestätigte er dem dortigen Kommissar, meine Identität.

Nun hieß es wieder warten. Einige Tage später, erneut zur Botschaft, dort übergab man mir einen vorläufigen Reisepass und ein Flugticket bis Rom, mit der Auflage mich in Rom bei der deutschen Botschaft zu melden.

Mit etwas Geld ausgestattet, was uns die Botschaftsangestellten gaben, machten wir uns auf den Weg zum Basar. Ich kaufte mir Zivilsachen und zog sie auch gleich an, war das ein herrliches Gefühl, nach 2 Jahren Uniform, ich fühlte mich wie ein neuer Mensch und hätte die ganze Welt umarmen können. Es war auch noch der 12 September, mein Geburtstag, 20 Jahre war ich jetzt und war froh, dass ich die Zeit in der Legion, ohne nennenswerte Verwundungen überstanden hatte. Viele meiner

Kameraden mit denen ich gut befreundet war, lebten nicht mehr, viele sind nicht mal, 20 Jahre geworden.

Dann war es soweit, an einem Sonntagmorgen, brachte man mich, und 6 Kameraden zum Flughafen. Dort stand eine alte Dakota, die uns in knapp 2 Stunden nach Rom brachte. Es war ein unruhiger Flug und der erste für mich.

In Rom angekommen, ca. 25 km außerhalb der Stadt, machten wir uns auf, um in der Stadt, die Botschaft zu suchen. Keiner von uns hatte Geld und so hieß es marschieren, waren wir gewohnt, auch bei der Hitze, nur mit neuen Schuhen, bekam ich nach 2 km, Blasen an den Füßen.

Wie boten schon ein komisches Bild, 7 junge Burschen an einem Sonntagnachmittag auf der Landstraße, die Schuhe in der Hand, nach Rom pilgernd. Wir machten keinen vertrauenswürdigen Eindruck, denn auch per Anhalter klappte es nicht, ob in ganzer oder in kleiner Gruppe.

Nach der halben Strecke, zog einer nach dem anderen die Schuhe aus um barfuss, auf blutigen Füßen weiterzulaufen. Aus unseren Unterhemden machten wir uns Fußlappen, das ging einige Zeit gut, aber nur für kurze Zeit. Also, Schuhe wieder an und Zähne zusammen beißen. Endlich die Vororte von Rom, nicht mehr weit bis zur Stadt. Der erste Brunnen wurde von uns gestürmt, erst mal den Durst stillen und die Füße kühlen. Dann ging es los auf Botschaftssuche, dort angekommen stellten wir fest, geschlossen. Natürlich es war Sonntag, dumm gelaufen, kein Geld, hungrig und keine Unterkunft für die Nacht. Etwas Italienisch konnten wir, damit fragten wir uns durch. Es wurde uns ein kommunistisches Heim empfohlen. Dort gab es was zu Essen und ein Bett für die Nacht. Um unsere kaputten Füße wurde sich auch gekümmert.

Montag früh ging es sofort zu Botschaft. Mit deutscher Gründlichkeit wurden unsere Papiere kontrolliert. Jeder bekam etwas Geld und eine Bahnkarte, bis zur Deutsch-Österreichischen Grenze und wieder einen vorläufigen Pass. Wir gingen zu Fuß zum Bahnhof, dort herrschte ein fürchterliches Gedränge, wir waren alle, nicht mehr so viele Leute gewöhnt und etwas bange war es uns schon.

Mit noch einem Kameraden, der aus Dortmund stammte, nahmen wir den nächsten Zug nach Kufstein. Die anderen 5 Mann wollten sich noch Rom ansehen.

In Kufstein angekommen, kontrollierte die Bahnpolizei uns, wir mussten den Zug verlassen und wurden zur Wache gebracht. Da mein Kamerad im Fandungsbuch stand, wurde er sofort verhaftet

Mir gab man eine Fahrkarte bis Duisburg, einen Essengutschein und wieder einen vorläufigen Personalausweis. Ich suchte die erst beste Gasstätte auf, setzte mich an einen Tisch und bestellte Essen. Als die Kellnerin meinen Gutschein sah, empörte sie sich, ich sollte sofort das Restaurant verlassen, für Leute wie mich, ist das Hinterzimmer gerade gut genug. Genauso war das Essen, 0815 Kost und auch nichts mit Bedienung.

Alle Kosten, die bis dahin angefallen sind, seien es Flugticket oder Bahnfahrt, was auch immer, wurde von mir, an die deutsche Botschaft zurückgezahlt, die Summe war ca. 600 DM.

Am Abend nahm ich den Zug nach Duisburg und am Morgen war ich endlich nach 2 Jahren wieder daheim. Es war der 20. 09. 1959

.

Nachwort

Erwähnen brauche ich nicht, dass meine Eltern und Geschwister mich mit großem "Hallo" begrüßten. Es sprach sich schnell herum, dass ich wieder da war. Viele Freunde und Bekannte kamen, bis weit in die Nacht, mußte ich berichten.

Viel hatte sich in den 2 Jahren in Duisburg verändert. Arbeit bekam ich schnell und ich ging gerne arbeiten, also hatte auch ich mich verändert.

Die Bundeswehr ließ nicht lange auf sich warten, April 1960 Musterung. Am 1. Oktober zog man mich ein. Da ich zu den Fallschirmspringern wollte, mußte ich mich auf 18 Monate verpflichten, später verlängerte ich auf 24 Monate. Aber dafür gab es auch, das volle Gehalt. Zur damaligen Zeit betrug der Wehrdienst 12 Monate.

Für mich war es eine Kleinigkeit, mit dem Dienst dort klarzukommen. Die Springerschule war schon etwas härter, aber kein Vergleich gegenüber der Fremdenlegion.

Noch in der Grundausbildung lernte ich meine Frau Ingrid kennen. Wir sind am 20. 09.2002

40 Jahre verheiratet. Auf unsere Söhne, Michael und Andreas bin ich sehr stolz.

Zum Glück haben sie nicht meine Abenteuerlust geerbt, aber als Touristen haben sie auch schon viel von der Welt gesehen. Auch ich bin gerne gereist, war aber auch immer froh, wieder nach Hause zu kommen.

Nach Frankreich konnte ich bis 1966 nicht reisen, da ich als Desserteur gesucht wurde. 1966 erließ Präsident de Gaule eine Amnestie. Meine Nichte Martine, die in Paris lebt, kümmerte sich um die nötigen Papiere, dass auch ich wieder einreisen durfte. 1972 war es dann soweit, ich durfte wieder zu meinem Bruder Karl, aber dieses mal nicht mit dem Fahrrad, sondern mit dem Auto.

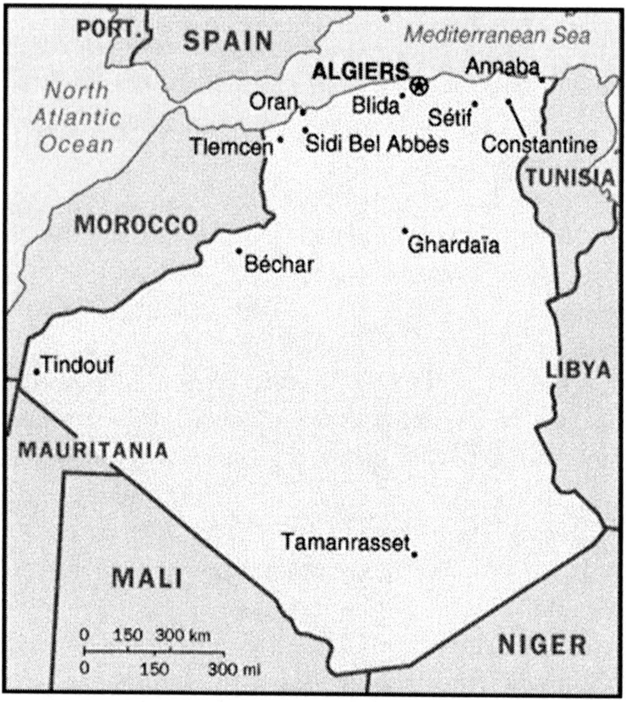

BILD: LANDKARTE ALGERIEN